16	3	2	13
5	10	11	8
9	6	7	12
4	15	14	1

MARCELO MIRISOLA

HOSANA NA SARJETA

editora 34

EDITORA 34

Editora 34 Ltda.
Rua Hungria, 592 Jardim Europa CEP 01455-000
São Paulo - SP Brasil Tel/Fax (11) 3811-6777 www.editora34.com.br

Copyright © Editora 34 Ltda., 2014
Hosana na sarjeta © Marcelo Mirisola, 2014

A FOTOCÓPIA DE QUALQUER FOLHA DESTE LIVRO É ILEGAL E CONFIGURA UMA
APROPRIAÇÃO INDEVIDA DOS DIREITOS INTELECTUAIS E PATRIMONIAIS DO AUTOR.

Imagem da capa:
Antiga fachada da boate Kilt, em São Paulo,
fotografia de Kassá (Samuel Kassapian)

Capa, projeto gráfico e editoração eletrônica:
Bracher & Malta Produção Gráfica

Revisão:
Beatriz de Freitas Moreira

1ª Edição - 2014

CIP - Brasil. Catalogação-na-Fonte
(Sindicato Nacional dos Editores de Livros, RJ, Brasil)

Mirisola, Marcelo, 1966
M788h   Hosana na sarjeta / Marcelo Mirisola —
São Paulo: Editora 34, 2014 (1ª Edição).
144 p.

ISBN 978-85-7326-563-7

1. Ficção brasileira. 2. Romance.
I. Título.

CDD - B869.3

para Bianca P., mulher de verdade

agradeço a hosana que despencou diretamente do céu poluído para a sarjeta, agradeço essa nova hosana a Aldir Blanc, que, no último minuto do segundo tempo, me deu esse susto

PRÓLOGO

Idos dos 90
Arquipélago malaio — Indonésia, ilha de Sumatra

Houve uma época, antes da internet, que eu acreditava 50% em encontros e 100% em desencontros. Acreditava, inclusive, que encontros somente teriam possibilidade de acontecer em função dos desencontros. A vida era óbvia, o universo não levava porcentagens em consideração e conspirava por qualquer coisa: tanto fazia se era um livro do Paulo Coelho ou a obra completa de Balzac.

Eu ia no embalo. Saía pra *night* com a quase certeza de que voltaria muito bem acompanhado. Quase sempre voltava. Tinha trinta e poucos anos, um monte de cabelo em cima do cocuruto, um bom repertório e — às vezes — dinheiro pra dar garantia.

Um cara pode ser desobrigado na vida? Acho que era meu caso, além disso, eu e Brecão éramos sócios num desmanche. A mulher dele fornecia marmita pra fora, e a má fama do nosso estabelecimento às vezes nos causava embaraços. Nada que não pudesse ser contornado pela lábia do Brecão e os encantos de Vânia Marmiteira.

— Os estelionatários também amam.

A diferença, dizia Brecão: "é que a gente não reconhece firma no cartório".

Daí que muitos malucos, e milicianos vindos das ilhas vizinhas, principalmente de Komodo e Bali, frequentavam as marmitas da Vânia, que também lia tarô e antecipava o futuro a partir das folhas de alcachofra. Uma vez ela previu que eu correria o mundo e desfrutaria do sexo de muitas mulheres. Achei razoável, porque vivia de pau duro *full-time* e tinha um senso de humor erótico excepcional — aliás, a vidente das alcachofras acrescentou: "elas não resistem a uma sacanagem bem aplicada, você tem o dom de alegrar as fêmeas".

Quem não resistiu foi ela, saudosa Vânia Marmiteira, que morreu de AIDS e feliz da vida — verdade! — em meados dos 90.

Eu não era um cara bonito, mas sabia ficar bonito.

Com o tempo, e apesar do Vinicius e dos meus dons, entendi que as expectativas deviam ser invertidas. Em vez de sair para encontrar, saía para desencontrar. Tive essa intuição quando vi um show de pompoarismo numa boate próxima a Kuala Lumpur, azul a boate. A cor é fundamental nesse caso; anotem aí: boate azul. Na oportunidade, ou seja, no instante luminoso em que a buceta daquela criatura deu umas baforadas na direção da plateia, me convenci de que não havia nenhuma arte em inverter a ordem natural das coisas: apenas ginástica, matemática e um pouco — só um pouco — de imaginação. Digamos que as chances de me frustrar reduziam-se a quase zero.

Mas o melhor de tudo era contar com um acidente no meio do caminho. Ora, que acidente? O encontro! O que mais? Se acontecesse o encontro (às vezes sim...), bem, aí era só correr pro abraço, e comemorar o óbvio com uma bela trepada. A vida corria simples e mamífera em Sumatra e nas demais ilhas do arquipélago. Bastava estufar o peito, abrir uma latinha de cerveja, e urrar lá do alto do Empire State Building-cover: "Sou o homem dos desencontros".

* * *

Infelizmente não consegui me transformar num gorila. Perdi o cabelo. Os cientistas de Bonobo inventaram o Viagra e a internet deu o ar de sua graça. Com o advento das redes sociais, as coisas se embaralharam radicalmente. Hoje, não sei mais fazer a diferença entre encontro e desencontro, e desconfio que não estou sozinho no meio de uma multidão virtual de gorilas, chimpanzés, Sofias Coppolas, cobras & lagartos que sofrem do mesmíssimo dilema.

Saudades dos lupanares azuis de Kuala Lumpur.

CAPÍTULO 1

Saindo do Biro's, vinte e dois anos depois

Eram quase 3 horas da madrugada. Uma azia dos diabos, eu entornava mais uma dose de umburana pra ver se curava a queimação, e nada. Resolvi que ia tirar o time de campo. Pedi mais um refil pro Biro, e fui atrás de um táxi. O Biro é — ou era — o dono do Biro's Bar. Que fica bem na frente da lendária boate Kilt, o Castelo da Cinderela da Nestor Pestana.[1]

Imediatamente ao lado do Biro's, existe — deve estar lá até hoje — um canteiro descuidado sobre o qual repousava taciturna e entristecida mariposa. Pensei comigo mesmo: "vou convidar essa putinha triste para ir pra casa". Aconteceu mais ou menos assim:

— Oi.

— Oi.

— Quer ir comigo?

---

[1] Ex-Kilt, derrubaram o Castelo Viking. Sumiram com as Cinderelas que faziam michê no meu coração brega e vagabundo. Minha alma e a esquina da Nestor Pestana ficaram banguelas.

— ãhn?

— Vamos pra casa. Dorme lá?

— ãhn?

— Cinquentão.

— Não sou puta, moço.

Paulinha Denise havia recém-saído do Biro's. Onde a irmã e Francisnight, o valete do forró, digladiavam-se a olhos vistos. A garota que não era puta estava meio perdida por causa da confusão, e um bocado triste — queria sair fora, dar área. Cavalheiro que sou, pedi desculpas pelo engano, corrigi o mal-entendido e a convidei para ir a outro bar.

Bela noite, conversa vaivém. Apliquei a velha piada do cachorro que chupa a própria pica, beijei as costas e a palma de suas mãos. Depois de três cervejas, e de aproximadamente uma hora de olhos nos olhos, refiz o convite:

— Vamos pra casa. Dorme lá?

Dessa vez ela aceitou: 20 reais a conta do boteco, mais o táxi. Apesar da breguice, gamei na Paulinha. Estava disposto a esquecer o chapéu de poodle que ela aninhava em cima da carapinha oxigenada, prometi para mim mesmo que iria relevar as roupas que ela usava, roupas de puta, porque nela, além do rabo perfeito, interessava-me sobretudo a metáfora, e olha que eu odeio metáforas.

A questão é a seguinte. Em Paulinha caía bem a figura da puta triste, era como se aquela garota de vinte e poucos anos incorporasse a tristeza do mundo quando olhava de dentro dos seus olhos para os olhos de quem lhe pedisse um cigarro, um dedo de prosa ou socorro, e o engraçado é que os incautos, no final das contas, seguiam esse roteiro: cigarro, prosa, socorro. Não foi diferente comigo. Ela absorvia os despojos e as esperanças de quem a solicitava, engolia tudo. Daí emergia sua majestade.

Paulinha Denise era um mar. "O mar brega de Mongaguá" eu pensava... que se purificava devolvendo à praia todas as sujeiras do mundo.

E eu, claro, eu era a praia.

A palavra "incorporar" não é gratuita. Tanto Paula Denise, como a irmã e Francisnight frequentavam terreiros barra-pesadíssimas lá em Suzano, onde moravam. Num belo dia, Paulinha disse que precisava conversar seriamente comigo. Explicou-me que recebia cinco entidades; agora, só lembro da cigana Sarah e de uma outra chamada tia Alzira, a dengosa.

Acho que nem o Fernando Pessoa incorporava tanta gente.

O problema é que, por conta de sua quíntupla personalidade, às vezes, ela "estava mas não estava" diante de mim... e eu poderia "estar mas não estar" diante de Sarah, a cigana, de tia Alzira e sabe-se lá de quem mais.

— Paulinha??? — peguei no braço dela, e a sacudi.

— Oi, coração.

— É você?

— Tonto, agora sou eu.

— Ah, tá, então pega no meu pau.

Ela aferiu a ereção e depois nos grudamos num beijo de língua. No meio do beijo — de olhos fechados, juro — ocorreu-me o seguinte: "incorporação por incorporação, sou mais a Marisete".

Que, além de ser meu gênio particular, sempre foi parceiro nas merdas em que nos metemos, e nunca me renegou, nem jamais entregaria a guarda prum Paulo Coelho ou pra dona Zibia Gasparetto em horário comercial. Mas não falei nada, claro que não. Preferi não estragar o que viria depois do beijo na boca, e guardei a maldade para mim. Em seguida, para me tranquilizar (como se isso fosse razoável...), ela disse que sem os remedinhos seria difícil segurar a onda. Também garantiu que sua psicanalista era de extrema confiança.

— Sério?

Pensando bem, Paulinha recomendara a psicanalista a si mesma. Como se fosse uma quituteira recomendada pela tia Alzira. Em se tratando de esoterismos, fazia todo sentido. Afinal, a psicanalista era a mesma mulher que havia prescrito uns tarja-preta pra ela não sair de órbita de uma vez por todas.

— Me pegaram roubando nas Lojas Americanas.

Ela jurou que não lembrava de nada. Eu acreditei. Depois, me disse que seu Akira pagou a fiança direitinho e que, apesar dos lapsos que podiam durar cinco minutos ou um dia inteiro, ela, às vezes, era uma garota perfeitamente normal.

— Tá tudo bem pra você, coração?

Com exceção da psicanalista, tudo ótimo! Pensei comigo mesmo: "Ganhei na lábia, ela tem uma bunda branca, redonda e macia, é engraçada e a breguice dela, até o chapeuzinho de poodle, dentro do contexto, tem lá o seu *élan*, porra!, ela não sabe que eu sou escritor... nunca leu Dostoiévski e nunca vai ler Cioran, o negócio de Paulinha Denise é dona Zibia Gasparetto. Ah, obrigado, meu Deus. Uma mulher que jamais vai encher o saco com Clarice Lispector e Amélie Poulain! Caraio, tô livre da ficção se misturando com a realidade! Paulinha não é Orkut nem Facebook, nada de truque... 'seu Akira'?".

Fiz umas contas: há mais de vinte anos, desde os tempos das boates azuis de Kuala Lumpur, que eu não ganhava uma mulher na base da lábia. O que se passava era o caso clássico do macho que havia conquistado a fêmea porque *ela* o havia escolhido. Dança do acasalamento, *Na-*

tional Geographic. E eu era o macho em questão. O mais apto para andar de mãos dadas com Paula Denise nas ruas do Bixiga.

A ganhei na madrugada, ela fazia meu pau endurecer feito aço. Nada de Viagra nem de metafísica. Se está tudo bem?

— Apesar das rimas involuntárias e das metáforas, tá perfeito, minha cabrita.

Sem falar que Paulinha recebia cinco entidades! Cada noite eu teria uma mulher diferente na cama, ou, sei lá, as cinco ao mesmo tempo. Surubão! Putaqueopariu! Só faltava pedi-la em casamento, e explicar-lhe delicadamente que a porra de chapeuzinho de poodle na carapinha era de amargar, tá lindo, tá ótimo, tá perfeito, que venha com Rivotril, com a irmã macumbeira & Francisnight, com seu Akira e com todas as entidades, rimas e metáforas desse mundo e de alhures, tá tudo bem, Paulinha Denise, claro que tá.

Os dias seguintes transcorreram na mais absoluta paz, amor e putaria. Eu nem ligava pro chapeuzinho de poodle e pras breguices dela, ao contrário, passei a respeitá-la e fiquei sabendo, por intermédio da tia Alzira, que Exu Caveira formava dupla comigo desde o berço, e que Ogum lancetava os dragões que apareciam pelo meu caminho e me protegia dos inimigos mais filhos da puta. Claro, tava explicado! Só podia ser Ogum que mandava as xaropes embora no dia seguinte, eu e Zeca Pagodinho éramos filhos de Ogum — me senti muito bem acompanhado e um pouco menos cafajeste do que o costume, ah, Paulinha, *descobri que te amo demais, descobri em você minha paz...*

* * *

Uma noite, Paulinha Denise bebeu além da conta. A cigana Sarah manifestou-se pela primeira vez, baixou majestática e implacável, à queima-roupa:

— Você nunca vai amar ninguém nessa vida.

Ainda bem que Paulinha havia me prevenido. Safo, respondi na lata:

— Tá certo, cigana. Mas agora vou te comer, vira de lado aí.

Isso! Paulinha era brega, mas tinha majestade. Uma garota bacana, inteligente, meio abilolada e muito gostosa. A Capitu mareada que tanto pedi a Deus, sem o par de cornos. Agora, diante de todas as novidades, o que mais me incomodava era minha atividade de escritor. Não queria que ela soubesse. Tinha vergonha. Acreditava sinceramente que essa era a raiz de todas as cagadas da minha vida, do acúmulo de todos os erros e infelicidades. Entretanto, eu estava decidido a não mentir, não fazia sentido esconder o lado podre. Se ela quisesse mesmo ser minha mulher, teria de aceitar o pacote completo, eu & meus doze livros publicados. Mesmo porque, se eu não contasse, alguma entidade, digo, algum amigo meu ia aparecer lá em casa e soprar pra ela.

Paulinha também não me escondia nada. Assistente de enfermagem, disse que cuidava de um senhor, o tal do seu Akira, e lhe aplicava injeções direto na pica. "E sobe?" "Ah, o pirulito tá meio gasto, mas sobe."

Ah, Paulinha, garota jeitosa. Tão meiga. Uma das coisas mais bonitas do mundo era quando ela pedia licença pra chupar meu "pirulito".

— Chupa, Paulinha, chupa meu pirulito.

Tava gamadão; de modo que decidi abrir o jogo, dei meu *Charque* pra ela ler. De um dia para o outro, leu o livro e fez comentários muito pertinentes — algo que jamais nenhum cafetão de Vieira e/ou crítico literário da Unicamp metido a besta conseguiria vislumbrar. Tudo bem que o "além" era especialidade dela, mas, dessa vez, Paulinha superou os trocadilhos e a si mesma. Ela usava um filtro que somente os grandes eruditos, aqueles que não são afetados pelo conhecimento, sabem usar. O filtro da generosidade. Clara e evidente, Paulinha me lembrou Valéry a cotejar Victor Hugo com Baudelaire: cirúrgica como injeção na pica, afirmou categoricamente que eu desperdiçava abismos e infinitos. E o mais incrível: era tudo instintivo, xucro. A mulher não estava pra brincadeira, nem ela nem a cigana Sarah. Pição e pulgas atrás da orelha.

* * *

Impressionante, pensava comigo todo tempo, impressionante conhecer uma mulher desse naipe perdida na madrugada. Na frente da Kilt, minha putinha triste; passei a admirá-la. Ou admirá-las. Sem exagero, posso dizer que formávamos o casal mais esquisito da Major Diogo esquina com a Conselheiro Ramalho. Os traficantes do pedaço se intimidavam diante da passagem de Paulinha Denise, era quase um ato de genuflexão involuntária coletiva, só que de pé, eles iam de encontro aos muros e olhavam para baixo (sempre quis escrever a palavra "genuflexão", devo isso e o respeito dos traficantes à Paulinha). Incrível. Mesmo com as roupas de puta que usava, impunha respeito. Uma rainha cigana.

Queria conhecer meus amigos.

— Meus amigos?

— Sim, quero conhecê-los.

— Tá.

A danada estudava as pessoas. Enfeitiçava. Marquei com Picanha — Mauro Picanha, o detetive — no bar que fica atrás da Biblioteca Mário de Andrade. Picanha chegou muito doido e belicoso. Todavia, na presença de Paulinha, a beligerância e o porre passaram. Eu vi, juro que sim, vi Paulinha traçar uma linha na frente dele, e o hipnotizar como se fosse um peru. Quem o observasse juraria que ele navegava a bordo de um veleiro em alto-mar, embriagado de águas profundas, voltado para a costa africana.

Aquele jeito dela, de engolir a si mesma e devolver os despojos.

— Meu!

— Fala, Picanha.

— Onde você arrumou essa mulher?

— Na frente da Kilt, saindo do Biro's.

Paulinha Denise foi um acontecimento na minha vida. Os garçons do Planeta's ficaram malucos, ela era simpática e sorridente, conversava indiscriminadamente com todos, distribuía afagos e não economizava gentilezas. Do Jordão, ela não gostou: disse que falava pelos cotovelos, e não confiava nele porque tinha olhos de gato (?).

Esquisito não gostar do Jordão; talvez uma indisposição estética devido a sua cabeleira black-power meio fora de moda se justificasse, mas "olhos de gato"?, como é que eu nunca havia reparado nisso? Não quis me aprofundar, fiquei intrigado e guardei para mim. Ela também guardava sérias ressalvas com relação a orientais. Trabalhou de *hostess* num restaurante da Liberdade e o garçom coreano ou o cozinheiro chinês, ou vice-versa, ou os dois ao mesmo tempo, tentaram estuprá-la, algo assim. Compreensível. Todo mundo ficava besta com ela, e eu... ah, eu comia.

Assédio ostensivo dos homens. Não obstante, a presença amistosa de Paulinha baixava a testosterona dos tarados, e no final das contas acabava tudo bem. Menos com uma equipe de para-atletas que trombamos no Marajá, com eles aconteceu diferente. Todos bêbados, todos pela metade e muito loucos, uma mesa com uns quinze. Digamos que em condições normais — cabeça, tronco e membros — somariam trinta, ou talvez quarenta homens, contando os cegos da equipe que babavam indiscriminadamente diante do cheiro e da presença de fêmea de Paulinha. Aprendemos a respeitar esses putos pelos "exemplos de vida e superação" que o Galvão Bueno e as políticas de correção, nos últimos anos, nos impingiram goela abaixo. Antes desse episódio, eu os considerava semideuses — e aqui não vai nenhum trocadilho pela metade. Acreditava sinceramente que o Brasil podia dar certo porque tinha vocação para ser um país leso, cotoco. Desde o nosso ex--presidente, passando pelos intelectuais ticket-refeição da Flip até chegar nos para-atletas, expressão máxima e objetiva do caráter nacional. Engano, lamentável engano. Os caras perderam a majestade, o controle e, literalmente, as próteses: as sociais, as de fibra de carbono e dos bons modos, todas elas. Teve um filho da puta de um aleijado que só faltou sacar a rola e bater punheta ali mesmo. Chamei meia dúzia de cotocos pra briga. Paulinha morria de rir, e provocava os caras. Os garçons e o segurança do bar sumiram. Algumas muletas voaram pelos ares, um pé da marca Adidas atingiu minha cabeça, e, por pouco, não acontece uma desgraça completa (ou incompleta, sei lá) no estabelecimento. Ela tirou de letra.

— Porra, Paulinha, você podia maneirar com essas roupas de puta, né?

No fundo, eu não estava nem aí. Em vez de ciúmes, ela me transmitia segurança nessas ocasiões, e felicidade. Paulinha enfeitiçava os homens — e o que havia sobrado deles diante dela, seja o filho da puta paraolímpico ou o porteiro do prédio — e os fazia entender que *eu* era o macho dela, e que ninguém ia tascar: não iam tirar uma casquinha, uma medalha de bronze, nem um cotoco sequer. Ela me enchia de orgulho. Um orgulho mamífero, carnívoro. E fazia meu sangue bombear toda essa felicidade para as cavernas mais recônditas do meu corpo. Não é mentira, não. Meu pau ficou maior e mais grosso nessa época — detalhe nada literário, mas que eu faço questão de registrar para eventual deleite dos pesquisadores(as), mestres e doutores(as) da Unicamp.

Paulinha tinha duas cachorrinhas, Titi e Camila. Vivia telefonando pra Suzano para saber se a irmã macumbeira tratava bem das bichinhas. A ligação com o mundo terreno — vamos chamar assim "mundo terreno" de Paulinha — alegrava meu coração cético e cansado de pessimismo. Eu ficava besta, fascinado comigo mesmo toda vez que perguntava da Titi e da Camila pra ela. "E a Titi, Paulinha?" "E a Camila?" Aí ela respondia uma bobagem qualquer, "Titi tem ciúmes da Camila" ou "Camila faz xixi na cama", e aquilo me servia como passaporte pra entrar num mundo de brinquedo, completamente diferente do bolerão que eu vivia antes de conhecê-la. Ela me transportava prum parquinho de diversões, um mundo *pet* repleto de felicidade e interesses sinceros. Juro!

Logo eu, que sempre odiei metáforas e cachorrinhos. Juro outra vez!

E hoje, depois de tudo, faço uma reflexão e vejo que não fui um cara tão filho da puta assim, não passei nem perto de ser o monstro que as entidades de Paulinha, sobretudo a cigana bocuda, me acusaram. O sobrenatural sim, ele é que foi muito calhorda e cruel comigo, e mal informado.

Ou seja. Não foi nada pouco, sobretudo prum cara cujo currículo mais atrapalha do que recomenda, demonstrar felicidade e interesse — vejam só —, os dois sentimentos juntos e ao mesmo tempo, por uma só pessoa. Troquei deliberadamente Cioran pelo dr. Shinyashiki. O que mais o sobrenatural poderia querer comigo? Que eu agradecesse aos céus pelo simples fato de dormir e acordar de conchinha ao lado da mulher mais brega de Suzano? Pois eu agradecia compungido, e pensei até em apresentá-la pra dona Marietta. Ela e toda turma. Tia Alzira, a cigana bocuda, e toda legião de aloprados naturais e sobrenaturais que gravitavam no entorno, inclusive Francisnight, valete do forró e ideólogo de Paulinha. Só não deu tempo. Hoje, eu me pergunto: que autoridade, afinal, tinha aquela cigana? Num momento me praguejava e, no outro, chupava meu pau e engolia as próprias palavras junto com meu esperma mais sincero e apaixonado. Quer saber de uma coisa?

— Vai praguejar na novela da Glória Perez, cigana. Chupa aí.

O meu sonho era levar Paula Denise e as cachorrinhas pra passar um final de semana em Águas de Lindoia:

— E a Titi?

— Ah, Titi fez xixi na cama.

— E a Camila?

— Essa é ciumenta que dá até raiva — ou vice-versa, e assim por diante.

Um dia, Paulinha me ligou muito séria, e pediu o nome completo do detetive Picanha, e o meu nome também. Quase me esqueço de contar essa passagem. No encontro, depois de ter enfeitiçado o arredio detetive, ela nos revelou que éramos amigos daquele jeito porque, tanto ele como eu, incorporávamos entidades muito conhecidas no mundo do candomblé. Ele era o Zé Pilintra em carne e osso e eu era Exu Caveira desde criancinha. Quase uma dupla caipira. Quando nos juntávamos, segundo Paulinha, o mundo tremia. Tenho provas que sim, eu e Mauro Picanha, quer dizer, Exu Caveira & Zé Pilintra, éramos figurinhas carimbadas na Praça Roosevelt e adjacências, em alguns bares execrados, noutros festejados. Coisas da vida daqui e do outro lado, ela dizia.

Pediu nossos nomes completos, e acendeu velas pros nossos guias e anjos da guarda. Nunca nenhuma mulher, com exceção de *nonna* Carmella, acendeu vela para mim, e ainda ela teve a delicadeza de acender vela pro Picanha, que rateou um bocado para queimar. A minha, ela garantiu, queimou que foi uma beleza.

CAPÍTULO 2

20 de novembro de 2011

— Oi, meu nome não é Joana. Você costuma aceitar convite de desconhecidas?

— Claro que aceito. Pode ser hoje?

— Tudo bem, eu não te conheço tão bem e me desconheço inteira. Onde e que horas hoje?

Ariela era o contrário, o oposto vertiginoso de Paulinha. Um compêndio de todos os meus pontos fracos. O que havia de pior em mim. Aquilo que eu acreditava ter superado depois de ter conhecido Paulinha. Eu podia perfeitamente ter caído na armadilha de Ariela, e ter dado sequência à vida brega e feliz que desfrutava ao lado de Paulinha, mas fui além ou aquém... sei lá. Ariela não usava chapeuzinho de poodle na cabeça. Ariela não depilava os pentelhos à maquina zero. Ariela não recebia espíritos. Ariela beijava bem, e tinha um sorriso lindo. Você já beijou um sorriso? Ariela era fetichista e manipuladora. Ariela me conhecia dos meus livros, aliás, foi o amante de Ariela, um sujeito que copiava meu estilo sôfrega e ardorosamente, obcecado por mim — e quase fiel... —, quem me apresentou a ela. Ariela queria uma aventura. Ariela era casada e morava de favor na casa da sogra. Ariela apanhava, e merecia apanhar, do marido. Eu acho até que ele batia pouco.

Ariela mentia. Ariela era uma mentira ambulante, tudo nela era mentira, mas não era falso. Dessa mistura, seu charme e leveza; não entendo como ela conseguia esse resultado, talvez inventasse um mundo para sobreviver a si mesma, e, nesse mundo — junto com todas as outras trapaças —, Ariela resolveu me incluir. Tudo mentira.

Tudo menos o beijo. O beijo não era só beijo, nosso beijo era uma conversa antiga. Quando nos beijamos pela primeira vez, falamos o contrário de todas as mentiras que nos levaram ao beijo. Nosso beijo não tinha cerveja e amendoins, nem livros lidos nem autores em comum, nem amantes traídos, nem casamentos arruinados, e não havia desencontro, nem encontros fortuitos — porém ao mesmo tempo havia tudo isso e mais um monte de mentira, porque sem as mentiras — repito — certamente não teríamos chegado ao beijo.

Era como se Ariela beijasse Ariela, e eu estivesse me beijando. A questão é que precisávamos um do outro para que isso acontecesse. Um beijo egoísta de dois egoístas, que tinham algo a dizer na saliva — não importava se era verdade ou mentira, mas algo a dizer, um para o outro. E daí que a gente não prestava? Os canalhas se enternecem, assim como os torturadores fazem hidroginástica no SESC da terceira idade, e os evangelhos — creio — seriam proporcionalmente menos nocivos se, no lugar das pragas, gafanhotos e danações, os profetas nos revelassem mais beijos na boca e sexo debaixo do chuveiro. Eu virei uma espécie degenerada de hippie, um hippie de Rider, por causa do beijo de Ariela.

Afinal, um encontro. Ariela ouvia minhas bobagens e, diferentemente de Paulinha, demonstrava interesse e participava da fraude. Ariela gostava das minhas mentiras, e mentia junto. Ariela jamais me acusaria de não ter "amado ninguém na vida". Ela não era exatamente discreta — e essa era sua arma mais letal. Uma indiscrição calculada, como quem traga o cigarro e solta fumacinha pro alto. Como quem chama atenção não chamando, e tem um lindo sorriso pra dizer que sim.

Ariela carregava um potencial de destruição visível, mas sabia escamotear o mal atrás de uma cumplicidade que não oferecia perigo iminente — aparentemente não — a quem pretendia enfeitiçar. Ariela era Lolita avançada tecnologicamente. Algo meio caipira, sotaque carregado da Mooca. Pés lindos, unhas manicuradas. Quando vinha por cima sabia como estocar, quadris de égua e respiração de cavalo. Ariela era quase um amigo na mesa do bar. Ela trazia a presa para si, recuava no tempo certo e não se fazia de ingênua — pra mim, não — estudante de direito, serpente, bissexual e safa. Tesão. Difícil confiar em Ariela. Impossível não confiar. A mesma idade de Paulinha, um filho de 4 anos, fumava feito uma doida, e a nossa trepada começou — nem seria preciso dizer — no primeiro beijo.

* * *

Traí Paula Denise, e o fiz por causa daquele chapeuzinho ridículo que ela pendurava na carapinha oxigenada. Um pouco também por causa do nome composto que, no começo, me distraía e dava até um certo tesão. Uma coisa é uma queda de patins em Paquetá, outra é morar em Paquetá. Aquela soma de Paula + Denise + chapeuzinho de poodle passou a me incomodar profundamente. E o pior, a cada dia, diante do meu sinal positivo, ela se esmerava na breguice. Chegou a pintar as unhas dos pés de verde e amarelo.

— Sou brasileira, com muito orgulho.

Não bastasse, ainda alisava e descoloria a carapinha; a traí no melhor do nosso amor, quando, pela primeira vez, consegui conciliar tesão, sexo e o ufanismo do dia a dia, pastel de feira e pipoca na frente da televisão, traí nossa vidinha caseira recém-descoberta e a omelete de presunto que era minha especialidade, e traí junto a irmã e mais Franscisnight, que acabou virando meu parceiro no "Forró do Nerd" (letra minha), traí a mãe troglodita e o pai dela, que era confeiteiro numa padaria em Suzano, traí a cigana e as outras quatro entidades que acompanhavam Paulinha (inclusive a psicanalista), mas sobretudo traí o real que — depois de quase trinta anos — começava a ocupar o lugar do furtivo, do virtual, da maldita ficção que arruinara minha vida até aquele momento. Traí a chance que tive às 3 horas da manhã defronte a Kilt. Traí Paulinha, exatamente no momento que começávamos a trepar sem camisinha, *cazzo*!, eu traí o meu pau duro sem aditivos, enfim, tudo leva a crer que a traí porque fui um idiota.

* * *

Qualquer um pensaria da mesma maneira, menos Paulinha, claro. Que chorou do outro lado do telefone... até sua voz embargada aceitar (?) a traição, e dizer que eu precisava mesmo achar alguém parecido comigo...

— (?)

Não vou dizer que não me senti aliviado, afinal eu havia me reconciliado com o canalha seminal, o escritor ególatra de sempre. A diferença é que, dessa vez, o canalha não se reconciliara completamente comigo. Alguma coisa estava errada. E eu não me tornei um cara melhor ou menos filhodaputa por causa disso, muito pelo contrário.

Então, a voz de Paulinha sumiu completamente do outro lado da linha, feito um bafo quente que se levanta do asfalto numa noite de verão e sobe aos céus... feito negra nuvem de silêncio... até surgir novamente acompanhada de trovoadas e ventania — mais ou menos dez dias depois — e se elevar ameaçadoramente sobre toda a cidade, em forma de torpedo, de Tim para Tim: "acho que estou grávida".

Com o celular na mão, mudo, lia a mensagem e ao mesmo tempo olhava para Ariela, que fumava no terraço da quitinete, linda, vestida com minha camisa xadrez; li, reli e remoí: "Nunca mais Titi, nunca mais Camila. Nunca mais chapeuzinho na carapinha oxigenada, e agora um filho".

CAPÍTULO 3

Ariela vestida com minha camisa xadrez, fumando no terraço

— As meninas da rua estão olhando pra mim, amor.

— Se eu tivesse lá embaixo também olharia. Não é todo dia que elas têm a oportunidade de ver uma xoxota tão bonita e cabeludinha.

— Que horror! São crianças!

— Tá na moda. Hoje em dia, até as crianças são bissexuais. Ainda mais as meninas.

— Pervertido.

— Nada. Sou o cara mais careta do quarteirão. Tem um colégio aqui na rua detrás que é um verdadeiro orfanato gay. Menininhas de 11 anos se pegando, você precisava ver. Outro dia, meu sobrinho, que é um pirralho, me recriminou porque eu disse que os garotos do Restart queimavam a rosca.

— Ele é gay?

— Ele só é feio. Aprendeu a respeitar as diferenças na escola.

— Eu acho certo.

— O quê? Ele ser feio?

— Troglodita.

— Pensando bem... e levando-se em consideração o argumento das professoras...

— Lá vem...

— ... pensando bem, o moleque poderia consertar a feiura queimando a rosca. Né?

— Te amo.

— Ama mesmo? Então dá uma olhada na mensagem que acabei de receber.

* * *

Ainda não conhecia bem Ariela; até hoje, depois de tudo, não posso dizer que a conheço. Mas a coisa era recente, havia largado Paulinha fazia duas semanas. Quando Ariela disse que ia dar "o maior apoio", achei que ela tava zoando com a minha cara. E tava. O que eu poderia ter feito senão travar? Quando ela insistiu que a gente ia criar o moleque junto com o filho dela, aí é que virei estátua romana, daquelas que tem um pinto menor que o dedinho do pé. Paulinha havia me amarrado, fez a macumba certa.

— Por que você não usou camisinha?

— Pelo mesmo motivo que não usei com você.

Ocorreu-me contar vantagem, ia dizer que era difícil achar *extra-large* nas farmácias. Que o correto, ora!, o mais correto, seria denunciar o pinto pequeno do brasileiro pro Procon. Não deu.

Só pensava em Paulinha, e na merda que havia feito em largá-la. Naquele momento, Ariela não significava nada para mim. Ou melhor: ela era a imagem e semelhança da minha insensatez, da escolha errada, do pinto mole. O pior é que para tentar reverter a situação, investi nas carnes de Ariela, e consegui uma ereção a 75 graus. Meu pau amoleceu na primeira bombada, dentro dela. Ela fingiu que essas coisas acontecem, que "a gente ia dar um jeito" e que o melhor era chupar minha rola, que — outra vez — subiu, subiu e acabou amolecendo dentro de sua boca.

Mandei-a embora. Foi a primeira vez de uma série que a expulsaria pelo mesmo motivo: impotência. Engraçado é pensar que, com Paulinha, nunca houve vacilo. Nunca deixei de comparecer com a mãe da Titi e da Camila, apesar do chapeuzinho que a infeliz não tirava da carapinha descolorida.

Essa era a questão, e não o contrário. Tanto Paulinha como Ariela eram de verdade, carne e osso, ovários e úteros, as duas sempre ofereceram o mesmo perigo, portanto entendi que era uma bobagem atribuir a realidade a uma, e a ficção, a outra. Eu é quem oscilava nesse terreno, e não elas. Ariela sempre pagou o pato.

E agora? Aos 45 anos, digo, aos 45 minutos do segundo tempo... *cazzo*, agora vou ser pai? Que merda que tá acontecendo? Se eu fosse um cara decente, esqueceria a carapinha descolorida, e pediria desculpas a Paulinha Denise:

— Ela vai me dar uma chance, porra, ela vai ter um filho que saiu daqui desse pau mole! Foda-se, Ariela!

Não sei se sou um cara decente, mas sou o rei na encanação. A vida engana e eu não desencano. E a grande prioridade, naquele momento, era recuperar minha ereção. Liguei pra Paulinha, e disse que ela podia contar comigo, que eu tinha sido um filho da puta com ela, etc. etc. Então Paulinha me tranquilizou. Não tinha descido, mas podia ser "de fundo nervoso".

O tal do "de fundo nervoso" me acalmou. Trocadilho besta, mas era uma chance real antes de ser um trocadilho. Valia. Naquelas circunstâncias, eu aceitaria até as rimas dos manos do hip-hop. Qualquer merda para não ter de assumir que, no final das contas, eu era um cara decente e que toda aquela merda de literatura não passava de um lapso na minha vida, um lapso que se prolongava desde 1989, e que, agora, teria fim na barriga de Paulinha.

Ah, imaginei recuperar meu Creci, raspar a barba *à la* Rasputin, e me inscrever nalgum trabalho voluntário ligado à adoção de cães ou crianças de rua. Abandonaria de vez as florestas tropicais e todos os meus amigos gorilas que agonizavam diuturnamente numa festa macabra, na Praça Roosevelt, na Indochina e arrabaldes, nunca mais cachaça no PPP, nem drink no dancing; a consequência natural desse processo tinha um nome: Caixa Econômica Federal. A palavra "holerite" brilhou diante de mim, teria de providenciá-lo junto com os documentos exigidos pelo banco.

It's now or never.

Finalmente eu realizaria meu sonho de morar num apartamento financiado pela Caixa... lá em Suzano... nunca estive tão perto da realidade de ter uma casa própria e uma mulher dengosa pra chupar meu pau em dias de chuva, quer dizer: mais ou menos perto, somados o salário de auxiliar de enfermagem da Paulinha e as minhas contribuições como escritor pornográfico, corretor de seguros e vendedor de carros usados, teríamos — por baixo — uns vinte anos para quitar as prestações do imóvel, em Suzano. A não ser que optássemos pelo Solar Margot de Coberville, um aprazível conjunto residencial localizado lá pras bandas de Presidente Altino, aí o valor das prestações — fiz os cálculos na ponta do lápis — sofreria drástica redução, sem falar que o tempo do financiamento cairia pela metade. Só dez anos. Mas Paulinha queria ficar perto da mãe, aquela velha pernambucana truculenta filhadaputa. O fogo. Sim, só pensava nisso: em queimar toda a corja de delinquentes que há décadas haviam se empoleirado nas minhas prateleiras, a começar pela dupla Cioran & Céline: eles seriam os primeiros da lista, mesmo porque os sebos não iriam me dar nada por aquele inferno escolhido a dedo, e, depois, descartei a hipótese de doar *Silogismos da amargura* e afins para bibliotecas públicas e/ou escolas municipais. Não se doam danações. Inferno a gente adquire. Pra fogueira, portanto, Cioran & Céline, Sade, Villon, Verlaine, Baudelaire, Bernhard, Denser, Genet, e todo meu passado de infâmias e dissolução! As pessoas querem ser felizes; mais do que querer, ela precisam do dr. Shinyashiki e do Padre Marcelo.

Eu também merecia ser feliz, eu e Paulinha. Nos finais de semana, assaria linguiças com meu novo amigo e parceiro, Francisnight, o valete do forró. Tudo dentro dos conformes, cada Orixá no seu quadrado. Bati o martelo, decisão tomada. Era isso mesmo: meus próximos vinte anos em Suzano financiados pela Caixa Econômica Federal, filhos, cachorrinhos e Faustão (porque sem Faustão aos domingos nada disso faria sentido)... eu já me sentia grávido — junto a Paulinha — de todo esse futuro bregaesplendoroso, quando uma cachoeira de sangue rubro-negro desceu das entranhas mais nebulosas de Paulinha, e destruiu meu sonho de não usar black-tie, e tudo acabou como começou, num torpedo de Tim para Tim, a custo quase zero: "estou livre de você, desceu".

* * *

Voltando à Transilvânia, digo, Major Diogo esquina com a Humaitá, coração do Bixiga nordestino. Ariela vestida com minha camisa xadrez e sem calcinha, tão linda, fumando no terraço e dando tchauzinhos pras garotinhas lésbicas da rua.

Os telefonemas do marido ao longo da madrugada me incomodavam. Tirando isso, eu e Ariela formávamos um casal bem divertido e quase inocente. Talvez nosso cinismo deixasse as coisas mais leves, como se ela não fosse objetivamente a adúltera e eu não fosse objetivamente seu amante:

— Oi, Gui. Tô aqui na casa daquele meu amigo viado. Não esquece de levar o Cauã na dentista, hein?

Um ex-marido chamado Gui? Que porra de intimidade era aquela? Na qualidade de "amigo viado" de Ariela, e amante corneado, eu somente remoía — porque não tinha condições de "exigir" — explicações. Ela mudava de assunto, se aninhava feito uma serpente e me pedia para acordá--la às 5 da manhã. Cauã era o filho deles. Talvez o fato de Ariela ser mignon, talvez o encaixe de nossos corpos ou a mentira que ela aplicava na base da distração, talvez a camada de poluição acumulada no céu de São Paulo um pouco antes de raiar o dia tenha ajudado — quem é que olha prum céu tão feio? — a embaralhar ainda mais as ideias na minha cabeça, acho que sim: com certeza, o céu medonho de São Paulo significava Ariela nas alturas, ela era minha hosana poluída: só mesmo nós dois para suspirar por aquela mistura de gás carbônico laranja e "bom trabalho, amor"; às cinco da manhã, Ariela era o meu *apesar de tudo* e o tranco, a vertigem e o barranco, e também éramos nós dois à espera do táxi abraçados na esquina da Brigadeiro com a Humaitá, tudo isso, enfim, essa confluência poluída (e bonita) fez com que eu apagasse a figura de "Gui" do meu horizonte, como se ele não tivesse cacife para ser o marido traído. Ou seja. Eu e Ariela não precisávamos nada além do céu poluído de São Paulo ao alvorecer, e de um táxi para consumar nossa fraude. Simples assim. Bastava embarcá-la; ato contínuo, Ariela me dava um tchauzinho, abria a porta do táxi e pedia outro beijo, como se ela não fosse a adúltera e eu não fosse seu amante, assim, acabamos displicentemente nos convencendo que Gui também não era o corno da história. Era bolero, mas não era. Para resumir, até hoje não sei se me apaixonei pela mulher ou pela mentira, ou vice-versa. Que diferença faz?

O beijo nos explicava. O beijo apagava o entorno. Essa era a única certeza que tínhamos, nosso beijo. Depois, Ariela subia no táxi e ia embora.

CAPÍTULO 4

22 de dezembro. Quase natal

Todo natal vou pra Serra da Canastra, em Minas Gerais. Uma viagem de ônibus que poderia ser feita numa noite, mas que prefiro cumprir em duas etapas. No primeiro dia, faço São Paulo-Ribeirão Preto. Chegando em Ribeirão, me hospedo num hotel que fica atrás da rodoviária e, no outro dia, sigo pra Passos bem cedo. De lá pego outro ônibus pra Piumhi — quase meu destino final. Um pinga--pinga dos infernos, que demora mais ou menos umas 5 horas. Sempre tem uma Yasmin ou um Jonnatan que sentam-se imediatamente ao meu lado e se esgoelam pedindo mais salgadinhos (sabor queijo podre). Os pais geralmente dividem o salgadinho com os filhos. Há 5 mil anos, os sumérios chamavam isso de educação. Nas escolas católicas mais tradicionais, a hóstia é que cumpre a função do cheetos. Tanto faz o lugar, a época e a ocasião, educar é estragar. Embora "opção" seja algo que não se aprenda, e o inferno seja produto da escolha particular de cada um, regra geral somos induzidos à fedentina alheia. Votamos. Pagamos impostos, parcelamos as dívidas em mil vezes no cartão de crédito, assinamos Net, Sky etc.

— Triste destino cheetos de Jonnatan e Yasmin.

O que eu quero dizer é que se estivesse num ônibus a

caminho de Harvard, ia feder do mesmo jeito, e que Capitólio é logo ali.

Capitólio, Minas Gerais, Brasil. A penúltima cidade conta-gotas, sinal de que o martírio rodoviário está perto do fim. Ao chegar em Piumhi — dez quilômetros adiante —, encontro meu pai ou meu irmão. Assim mesmo que se escreve P-i-u-m-h-i com "u, m, h, i". Eles revezam. Anos pares é do caçula, ímpares do pai, acho que é isso. Nos últimos vinte natais, desde que meus pais se meteram nesse final de mundo, é a mesma coisa.

No lugar do caçula, encontro Chitãozinho. No lugar do pai, Xororó. Ou vice-versa. Nunca sei quem é um e quem é outro. A mesma roupa e os mesmos chapelões. Eu de saco cheio, e eles também.

O primeiro a chegar lá, na Serra, fui eu, em meados dos anos 80. Na mesma época que Cazuza vislumbrava um museu de velhas novidades a partir de uma piroca atolada no rabo. Bem, nessa mesma época abandonei a faculdade de agronomia e cismei que era Fernão Dias Paes, larguei tudo pra garimpar no leito do São Francisco. A ideia de abster-se dos 80s incendiou o povo lá de casa: o primeiro a dar o pinote foi o velho, que nem era tão velho naquela época, não tinha nem 50 anos e só ouvia jazz e música clássica; depois meu irmão mais novo. Muito novo. Em 1986, Xororó contava apenas 16 anos de idade. O cara abandonou a escola e a vida de nerd que levava em São Paulo e se mandou pro garimpo. Logo que chegou, emprenhou uma boia-fria. Tá casado até hoje com a cabocla. Ao longo dos últimos vinte anos não troquei duas palavras com ela, acho que é muda.

Hoje me arrependo de tê-los recriminado, ela e ele, julguei-o insensato. Errei. Na verdade, penso que foi corajoso, mas dou apenas meio braço a torcer, e se alguém me perguntar sobre casamento perfeito (se é que isso existe) digo sem pestanejar, na lata: engravide uma cabocla muda antes de completar 17 anos. Depois, procure um sítio que tenha muita água, de preferência com uma nascente dentro da propriedade. Sem água não dá. A partir daí faça um curso de piscicultura e construa dois tanques. Um para criar tucunarés, e outro, tilápias; logo em seguida, batize o seu pesque-e-pague com o nome de "Papai Feliz". Ah, não esqueça dos porcos e das vacas. O esterco deles pode ser útil para alimentar os peixes, além disso as vaquinhas dão muito leite. Mas sobretudo instale um alambique perto da cocheira das meninas, uma vez que se faz mister permanecer embriagado a maior parte do tempo. O alambique é imprescindível. Sem ele vai ficar quase impossível encarar as auroras e os luares do sertão, dia após dia: pense que as vaquinhas acordam às 4 horas da manhã e carregam litros e litros de leite dentro daqueles úberes inchados, pense que alguém, que não é necessariamente o bezerro, terá de ordenhá-las, esse alguém é você. A questão é a seguinte: não há diferença entre os úberes inchados das vacas e as tetas de sua digníssima esposa — que mantém o hábito de ser ordenhada e comida pelo fazendeiro (que pode ser um porco ou você mesmo) em noites de lua cheia e de minguante também. Donde se conclui:

Sábias as vacas, e as mulheres do sertão. Mais do que o hábito, conservam o bom senso de nada declarar a respeito. Mudas, caladas e cheias de leite. Mesmo porque elas não iam ser bestas de reclamar de qualquer coisa, e ouvir um muuuuuuu como resposta, né não?

* * *

A viagem da rodoviária de Piumhi até Vargem Bonita é uma tranquilidade nos anos ímpares e nos pares também, sobretudo porque durante o trajeto, que dura mais ou menos uma hora, eu e meu irmão não trocamos uma única palavra. Esse é o acordo: eu vou até aí no natal, mãe, mas eles não podem ligar o rádio ou meter um CD no trajeto que vai de Piumhi até Vargem Bonita. Chegamos a conclusão de que uma vez por ano não é sacrifício para ninguém, digo, não é um grande sacrifício, nada que se compare ao sofrimento de Jesus para salvar a humanidade, trata-se apenas de uma encheção de saco que dura no máximo três dias, a véspera, o dia no aniversário do cara e o dia seguinte — quando Chitão ou Xororó me desovam na mesma rodoviária que me pegaram, e cada qual volta à rotina de ordenhar a vida, eles no meio do mato e eu na esquina da Major Diogo com a Humaitá.

Seguimos. Logo que atravessamos a fazenda da Cargill, pedi a meu irmão que pusesse uma *moda* do Chitãozinho (o original) pra gente ir ouvindo até chegar na Canastra:

— Aquela, aquela do cabelo comprido grudado no suor do peão.

— Tem certeza?

Como se a gritaria dos irmãos Xororó, os juízes antecipados e a paisagem e o que vem de fora — a vida inteira vem de fora —, como se o antes do amor, o ramerrame diário de tarefas e obrigações quisesse ou pudesse interromper e/ou ocupar o lugar do amor.

Na verdade, ocupa. Uma vez que a vida — dizem — continua. Mas agora a paisagem e tudo o que inclui a rotina de viver e dar bom-dia ao porteiro do prédio, tudo isso é atravessado por um sentimento que invade e é maior que a ocupação, não só maior, mas prioritário. Aliás, tão certo como a morte.

— A vida nada mais é do que uma ocupação antes da morte, um passatempo — disse pro mano Xororó.

— É?

O amor não. O amor é do tamanho da morte. Não porque é para sempre, isso é besteira. Mas porque é lugar incerto e não sabido e, para suportar sua ideia, é fundamental uma boa dose de mistificação e autoengano:

— E aqui desconsidere aquela coisa de Eros e Thanatos.

— Cê quer mijar? Eu paro.

Eu não falava de morrer no gozo nem de impulsos primitivos, mas de ocupação dentro da ocupação. Pois bem. Nesse instante intrincado e metafísico, mano Xororó parou na frente de uma plantação de eucaliptos que não tinha mais fim, e disse: "vai mijar". Eu não queria mijar, mas mijei. Como é que eu não havia reparado naqueles eucaliptos? Uma verdadeira floresta dentro do cerrado. Não tava aqui ano passado?

— Faz seis anos. Eles crescem a cada ano. No mesmo lugar.

Aí ele me explicou que os fazendeiros da região apostaram que o chileno, o dono da plantação, ia quebrar a cara. Mas a floresta exuberante crescia ali para provar o contrário, assombrava — em todos os sentidos — os cafezais e pastos vizinhos. Uma pequena fortuna plantada no nariz da mineirada. Quase uma afronta, eu pensei. Mano Xororó desembestou a falar, disse que, nos últimos anos, o preço da saca de café havia superado a expectativa dos mais otimistas, e que uma nova técnica de irrigação desenvolvida pela Embrapa aumentava em até três vezes a produção dos cafezais. Ele se empolgava ao volante: "Três vezes mais!".

Mais do que mereciam, pensei comigo: "que se fodessem, em primeiro lugar, meu irmão Xororó-cover que nunca plantou um pé de café na vida, depois os fazendeiros mineiros, os pesquisadores da Embrapa, e o chileno dos eucaliptos, todos eles juntos".

Dois quilômetros adiante, desandou a falar de açudes, peixes, incubadoras, cativeiros e o diabo agrícola a quatro. O próximo passo — garantiu — era aumentar o tanque das tilápias e aprender a falar inglês. Isso mesmo, o negócio agora era aprender a lidar com os gringos e turistas que apareciam para fotografar passarinhos e caçar borboletas. Vai ser difícil "lidar" com os gringos, pensei, e, entre uma tilápia e um gringo caçador de borboletas, Chitãozinho berrava no CD da camionete e Ariela irrompia dos cupinzeiros no meio dos pastos, ocupava as alamedas dos cafezais e atravessava feito uma sombra a plantação de eucaliptos do chileno, até no tanque das tilápias ela se metia, reluzente, batendo a cauda feito uma sereia-tucunaré. Que, segundo meu irmão, era peixe carnívoro e servia para controlar a população das tilápias.

— Explica.

É que as tilápias são chegadas num incesto e se reproduzem alucinadamente. Corriam o risco de atrofia, explicou-me. Os tucunarés comem as tilápias, entende?

O mundo precisa de tucunarés, pensei.

Não é que estabelecemos um diálogo, ou às vezes sim, como quando fiquei chocado com a revelação de que o Cabresto, um vilarejo que fica a vinte quilômetros de Vargem Bonita, havia mudado de nome. Agora se chamava Campinópolis. Mas...

— E Confusão?

O arraial de Confusão...

— Que tem?

— Continua Confusão?

— Igualzinho. O povo continua se perdendo até chegar lá.

Deus na Confusão, e o diabo nos entroncamentos. Não, não se tratava de um diálogo, era algo entrecortado, meio trepidante e travado pelo acúmulo dos anos, mesmo porque Chitãozinho, o do CD, e Ariela, a doida que me tirou de Paulinha, ele com a voz esganiçada, e ela que brotava dos cupinzeiros, não davam trégua; interfeririam no meio da conversa, nas cruzes fincadas à beira da estrada, no paredão da Canastra que dava nome à serra, e que, agora, aparecia diante da camionete como da primeira vez que o vi, em 1986. Ariela incrustada no paredão. Amor, paixão, obsessão, grude — feito o fio de cabelo comprido berrado pelos irmãos Chitãozinho & Xororó no CD da camionete.

Dali vinte minutos, chegamos em casa.

Ao longo dos três dias, engasguei. Não com o rango e nem com o natal de sempre. Mas com relação a Ariela, queria contar a todos que finalmente havia encontrado a garota da minha vida e que, logo que chegasse a São Paulo, a primeira providência seria gozar dentro dela. Nunca tive uma namorada, digamos assim, namorada oficial. Isso doía em mim. Doía mais a falta do comunicado do que da namorada propriamente dita, de resto eu me virava muito bem com as putas.

Vez ou outra, mano Chitãozinho me acusava de ser viado, eu nem ligava. Pelos meus cálculos, devo ter comido mais mulheres do que ele e Xororó nas últimas três encarnações sertanejas. Mais vacas também.

Todas as vésperas e todos os natais a mesma coisa: passo os três dias me empanturrando de farofa e peru e durmo, e nos intervalos dou três cagadas. Um relógio cristão.

Mas me incomoda, confesso. Sei lá, pode ser uma babaquice da minha parte, mas não ter dado a notícia, não ter feito o comunicado oficial é uma tortura que me acompanha há pelo menos uns vinte e cinco natais. Cada ano piora. Por que não falar? Comuniquei tantas merdas oficialmente: quando fui voluntário e entrei no Exército, e quando me expulsaram de lá. Quando tirei a carta de motorista, e quando decidi virar pedestre depois de enfiar o carro de Xororó debaixo de uma carreta. Quando publiquei meu primeiro livro só dona Marietta ficou sabendo, mas comuniquei. Tanta obsequiosidade ao longo da vida. Tantos comunicados, e nunca consegui chegar de mãos dadas em casa com uma garota, e dizer: minha namorada. Por que não falar de Ariela?

Todavia, esse ano me ocorreu um plano. Se obtivesse êxito, talvez, no próximo natal, conseguisse chegar na rodoviária de Piumhi acompanhado de Ariela e do comunicado oficial explodindo dentro da barriga dela, nem precisaria abrir a boca.

Seguinte. Há pelo menos quinze anos o governo fechou os garimpos na Serra da Canastra. E o Ibama não dá moleza, fiscaliza, cuida de cada metro quadrado, autua, prende, confisca, multa. O plano, enfim, era comer belas beiradas e pela diagonal:

— E o Baduzinho?

— Se fodeu.

— Os garimpeiros?...

— Nada. Foi a Polícia Florestal. Hoje eles tem satélite, camionetes traçadas, infravermelho, barco e o diabo a quatro, tudo monitorado.

— Tudo?

— Tudo menos eles, a Florestal...

* * *

Baduzinho, o capangueiro, foi um pretexto que arrumei para entrar na conversa que interessava. Uma espécie de senha da família MM. O resto, aquilo que corria por cima, não era um pretexto somente para mim, mas o reflexo da cagada disfarçado de vida agrícola saudável, tilápias incestuosas, luar do sertão, etc. Se tenho alguma responsabilidade desde que a merda aconteceu, essa responsabilidade se resume ao fato de eu ter sido o primeiro a chegar nesse final de mundo, e de ter sido o primeiro a me pirulitar.

Na verdade, não importa o lugar. Tanto faz no meio do mato, ou na esquina da Consolação com a Paulista. Temos um destino. Intrínseco. Uma vocação. A gente vê isso nos olhos remelentos e amendoados do velho. A vocação de depredar. O deserto que brilha nos olhos do meu pai, quando, em raros e preciosos momentos, nos encaramos e falamos o mesmo dialeto, quando nos reconhecemos no final da picada e no cheiro chamuscado da carne. Uma catinga típica. Enxofre. O cheiro tácito lá de casa, como se fosse um perfume de morte, *ad perpetuam rei memoriam*. Nos entendemos, portanto, quando o assunto é garimpo, sinônimo de destruição.

E eu sabia que, apesar da proibição, alguns garimpos clandestinos resistiam em plena atividade. Perto da nascente do São Francisco, perto do Kimberlito. A pedra original, de onde brotam os diamantes graúdos. Dentro da reserva. Tudo isso, claro, sob os auspícios e a complacência da Polícia Florestal. Chitão e Xororó iam lá dar suas faíscadas, eu sabia, mas não podia entrar de sola no assunto. A gente — já disse — têm uns códigos em casa. Daí me vali de um hábito familiar que mais me atrapalha do que ajuda, às vezes ajuda. A mania de falar de uma coisa para chegar noutra, e somente depois voltar ao assunto inicial. Nas interrupções, jogamos as iscas e nos entendemos. Um morde o rabo do outro.

Tô engolindo esse veneno MM desde a primeira gonorreia.

Ah, meu Deus! Bastava gritar! Seria bem mais fácil se eu dissesse: estou apaixonado, porra, quero dar um diamante para Ariela.

— Grande filho da puta, o Badu.

— Baduzinho...

Tinha a mania perigosa de adulterar balanças, enganava Deus e o diabo. Capangueiro. Se fudeu, a Florestal caçou o puto e o entregou pra Justiça. Depois de mofar dois anos na delegacia de Passos, morreu estrangulado na viatura a caminho do fórum, dizem. Mais fácil enganar o Baduzinho no inferno, e achar uma pedra de 30 quilates do que justificar minha curiosidade e admitir, enfim, que o anacoluto que eu maquinava tinha o nome mais bonito do mundo: Ariela. Só pensava nisso, e estava determinado a usar todo o meu repertório de pretextos extraviados para chegar ao garimpo clandestino. Badu não era Badu — esse era nosso acordo tácito.

Duílio Gaspar Neto, sargento da Florestal, mais conhecido como Gasparzinho, nos levaria de madrugada até o Poço das Bruxas, no coração da reserva. Segundo suas estimativas, teríamos apenas duas horas de acesso garantido ao Poço. O sacana dava o nome de "portal" para valorizar esse tempo e o "favor" que nos prestava — quando todos os satélites e as garatujas da madrugada nos beneficiariam em razão não exatamente de um favor, mas de uma dívida antiga que Chitão-cover lhe cobrava implacavelmente e que — por incrível que pareça — coincidia com a retórica enviezada que eu havia ajambrado para me enfiar na expedição. Uma mistura de desprezo e admiração pelo método do velho, como alguém que reconhece familiaridade em algo que pode descambar numa grande cagada — regra geral era o que acontecia. O guarda florestal não tinha opção diferente de ser chantageado, pra putaqueopariu ele e o tal do portal. Sob o meu ponto de vista, tudo pelo amor de Ariela. O velho Chitão talvez estivesse pensando em cadáveres pretéritos e especialmente no cadáver do Badu, o extinto Baduzinho que, afinal, era a nossa garantia. A camaradagem de Gaspar duraria exatamente duas horas, das 2 às 4 da madrugada, depois o "portal" fecharia e era cada um por si.

CAPÍTULO 5

De Vargem Bonita até a rodoviária de Piumhi não trocamos sequer uma palavra. Eu e meu pai. Na verdade, nunca soubemos lidar com nossa cumplicidade. E isso não é exatamente qualidade nem defeito, mas falta de jeito. Pra que abraçar, olhar nos olhos? Desde sempre prescindimos desses derramamentos. Se ele tinha orgulho de mim? Acho que não. Nem eu dele. Passávamos longe da fórmula gelol, mas nos comunicávamos a contento. Melhor assim. Ele sabia que eu jamais iria abrir a boca. Podia confiar em mim como um criminoso se obriga a confiar em seus cúmplices. E vice-versa. Tava lá no DNA: vindo de Canicatti, província de Agrigento, diretamente para o sertão das Minas Gerais.

Pra não chamar a pequena viagem de Vargem Bonita a Piumhi de sepulcral, lembro do pai-Chitãozinho pedindo pra eu afivelar o cinto antes de chegar no trevo de Confusão. Seria bom evitar guardas rodoviários, perguntas desnecessárias, revistas, e sobretudo redundâncias. Em suma. Silêncio absoluto e a constatação que a paisagem é muito melhor sem a gritaria dos irmãos Xororó. E sem eles, a presença aumentada de Ariela: repetida nos cafezais da ida e agora na volta, na plantação de eucaliptos e nas lembranças imediatas de um natal movimentado, diferente, um pouco diferente e mais brilhante do que nos outros anos.

Ok. Peguei o ônibus das 10 da manhã em Piumhi e cheguei em Ribeirão quase às duas da tarde. Fazia uma semana que não acessava o Facebook. A luzinha verde ao lado da tela indicava que Ariela estava on-line. Contei dez segundos, e nenhum "oi" da parte dela. Não aguentei e enviei uma mensagem reservada: "Amanhã, em São Paulo".

Ela disse que não iria ao meu encontro. Nunca mais.

* * *

Havia me traído com o fulano virtual. O cuzão. Aquele que deu o *Joana a contragosto* pra ela ler. Outra Maria Rodapé? De novo, a mesma história? Eu não podia nem conjecturar, depois de tanto tempo e agora mais rodado do que nunca, "você costuma aceitar convite de desconhecidas?", de ter caído no mesmo tatibitati: armadilha que se cai voluntariamente porque — em tese — até o mais idiota dos leitores da dona Zibia sabe que o caçador é a caça. Ariela caiu na armadilha que armou e que eu desarmei e que depois nos prendeu e nos fez de idiotas e apaixonados por muito tempo, ou sempre que nos beijávamos e cumpríamos o enredo de dona Zibia — que no final das contas é quem está com a razão, a natural e a sobrenatural.

A vagabunda me traiu exatamente com o babaca que era meu fã, a imitação, o diluidor. Cliquei na página do infeliz, e lá estavam os dois, ela e ele. Os dois filhosdaputa. As mesmas cenas que eu guardava na lembrança, nossos melhores momentos, quando beijei o sorriso de coelho dela (nunca havia beijado um sorriso...), estava tudo lá: o mesmo sorriso reproduzido nas fotinhos felizes ao lado do babaca, me traiu, a puta. Porra, não precisava postar as fotos. Agora, o que me deixou mais transtornado, foi o raciocínio banal do imitador: "já que nunca vou escrever os livros do cara, pego a mulher dele". Ela podia simplesmente ter me traído, e final de papo. Que chupasse o pau do cara, ficasse de quatro. Que arreganhasse o cu pra ele. Traiu, tá traído. Não precisava documentar a traição. Mas o verme fez questão de publicar as fotos como se fosse um troféu. Falta de talento é uma tristeza. Ele sabia que eu não ia perder meu tempo lendo as besteiras que escrevia em seu blogue, bitiniquezinho de merda.

O que fazer? Ora! Comer a mulher do cara!

Taí. Ele conseguiu. Perdi alguns segundos olhando pra alguma coisa de sua "autoria". Não que um sujeito mesquinho, banal, não pudesse escrever algo que prestasse, ao contrário. A literatura têm inúmeros exemplos de vermes geniais que se deram muito bem porque souberam exercer a devida pequenez. Foram além do sintoma. Mas não adianta nada o cara ser um verme, se ele não for um gênio. Vide Truman Capote.

No caso do blogueiro, ele conseguiu ficar aquém da própria condição de verme. Crasso e previsível. O golpe que armou não serviria de enredo nem pra novela das 6 do Walcyr Carrasco.

Enquanto as fotos repetiam as mesmas cenas que eu guardava na memória, como se fossem as fotos que Ariela não havia tirado comigo, tudo bem. No entanto, o caldo entornou quando topei com uma foto que destoava de tudo o que eu podia ter idealizado ao lado de Ariela. Era o recado do fulaninho. A obra da vida dele. Uma foto que denunciava sua falta de talento. Quase um pedido de desculpas e/ou reconhecimento de sua insignificância. Olhava para mim com aquela carinha de viado bitinique, de soslaio somente como os bitiniques de padaria são capazes de olhar, enquanto a vagabunda o abraçava por trás e simulava uma fungada em seu cangote. Engolidora de porra. Puta. A mesma que me evitava em público, que não queria ser vista ao meu lado, que me visitava nas penumbras e ia embora de madrugada, e que jamais havia tirado uma foto ao meu lado, ela não só permitiu a publicação das fotos (várias) como foi cúmplice da falta de talento do infeliz.

Como é que fui trocar Paulinha por uma criatura dessas? Não foi só isso. Ela traiu nossas mãos que se entrelaçaram perfeitamente logo na primeira vez, e os nossos corpos que se encaixavam como se estivessem habituados desde sempre um ao outro, as estocadas e a respiração de cavalo, ela havia mudado de página. Tava lá: aninhada junto a um tonto metido a escritor maldito. Ah, meu Deus. O tipo mais pateta de todos, o bitinique de padaria. Vadia, feliz ao lado do barbudinho, que coisa mais ridícula. Ela traiu os torpedos sacanas e os "meu amor" e os "beibes" que havia espalhado às dezenas em bilhetinhos escondidos nos desvãos do meu apartamento, ela destruiu toda a mentira compartilhada que havia nos levado ao primeiro beijo — ela me traiu até na mentira. Trair a própria mentira é chegar à verdade pelo avesso. Isso que doeu. A puta traiu as crianças do terraço, sim: as meninas que a observavam da rua, e que talvez pela primeira vez viram uma buceta cabeluda, também foram traídas em suas inocências lésbicas.

Quem é que olha prum céu tão feio? Ela e o filhodaputa do meu diluidor olhavam pro céu medonho de São Paulo naquelas fotinhos nojentas. Minha hosana poluída é o caralho. Hosana na sarjeta. A biscate traiu o motorista do táxi que cochilava dentro do carro às cinco da manhã, e que a levou pra Guarulhos depois de uma noite de adultério perfeita ao meu lado. Agora, nós dois não éramos o tranco, a vertigem e o barranco na esquina da Brigadeiro com a Humaitá; ela havia mudado de esquina, rodava bolsinha no

Facebook do idiota metido a escritor maldito. Eu, que sempre precisei do escambo e do contrabando para que a mentira acontecesse em sua plenitude, sabia que não sentiria falta do beijo de Ariela. Mas do beijo dado em mim mesmo. E agora ela se atracava com o bitinique de padaria como se *eu* o tivesse chancelado: ela me fez beijar o verme por tabela. A Ariela que inventei com tanto cuidado, agora estava sendo reescrita por um escritor metido a bitinique. E o pior. Ela que fez a troca! Optou pela mediocridade. Talvez começasse a usar coturnos por causa dele. Que mulherzinha podre, os dois olhando para mim a partir daquelas fotos, tão falsas como a felicidade deles.

Ariela havia mudado de página e de perfil. A coisa só não havia mudado pro lado do marido dela, que continuava a esperando no mesmo endereço, na casa deles, o mesmo "Gui" apaixonado de sempre, o mesmo corno de todos os dias, paciente a serviço de um amor que virou sequestro e cujo lastro (ou resgate) se resumia ao filho e às tarefas do cotidiano: na próxima segunda-feira era uma consulta marcada com a pediatra, depois ele alugaria uma fantasia pra festinha da escola e assim por diante. O filho. Era a chantagem, era o vínculo, afinal. O lar. A moeda de troca das traições. Que não eram poucas, ela o traía com motoboys, lésbicas curitibanas, guardas rodoviários, dobermans, chefes de almoxarifados, tenistas, hare-krishnas e sushi-mans. O traiu comigo. Só não digo que o corno tinha 100% de razão quando perdia a cabeça e espancava Ariela, porque um cara que atende por "Gui" merece ser corno até o final dos tempos e depois do apocalipse também, enfim: tanto o marido oficial como os genéricos eram sistematicamente substituídos por falsificações cada vez mais fajutas. Eu, por exemplo, havia sido substituído por um bitinique de padaria. Imagino o arremedo de Kerouac implorando por um fio terra[2] — afinal foi isso, mais o pau pequeno e a foda meia-boca que Ariela denunciou posteriormente, que depreendi da foto feicibuquenta daquela maldita fungada no cangote publicada na página do infeliz.

Algumas horas depois de publicar as fotos, o casal de traíras me bloquearia da vidinha virtual deles, simples assim.

---

[2] Dedo no cu, no caso dos bitiniques de padaria, dois dedos cruzados — como se materializassem uma estrutura de DNA — que por sua vez denunciariam a falta incorrigível de talento e a ânsia de se foder acompanhada de mais uma dose de Domecq. Trata-se, pois, de uma mediocridade cromossômica que jamais há de se desgrudar desses tipinhos. *Never more*, nem fudendo: nem fudendo mal a mulher dos seus escritores preferidos.

CAPÍTULO 6

O diamante é um dos poucos objetos lapidados pela vontade humana capaz de encerrar-se em si mesmo. Os livros de Camus também. Sem nenhuma jaça. Um octaedro que mostra a mesma face vista de qualquer ângulo, diferente de Ariela: íntegro. Simples, cristalino. O diamante que eu ia dar pra Ariela, tirado do ventre contaminado da terra, que custou o preço do meu grito sabiamente sufocado por vinte e cinco anos, e mais a alma do Baduzinho que — no momento em que a biscate me traía — devia estar crepitando nos quintos dos infernos. Uma pedra linda, perfeita, de quase dois quilates. E agora?

O que eu ia fazer com a merda de diamante?

Olhar pra ele, e olhar pra garrafa de uísque. Confidenciar, ora com um, ora com a outra. A solidão como companhia. Uma espécie de sítio arqueológico dentro do meu peito. São várias camadas de decepção. De todos os tipos, feitas de ossos, cacos, durepox e esperança. Desde criancinha fui um solitário.

O engraçado é que vivi várias situações que simulavam uma infinidade de outros sentimentos, menos solidão. Mas era solidão. Quando criança, tinha certeza que o mundo e dona Arlete do apto. 92 compartilhavam do mesmo sentimento — que ela e o zelador do Sanvi Porchat também enxergavam espumas de sangue nas ondas que quebravam mansas na praia de São Vicente. Essas espumas foram as primeiras lembranças que registrei de minha solidão. Depois viriam os losangos do Ilha Porchat Clube. Eu acreditava que meu irmão mais velho era sugado pelos losangos, e lá dentro ele se metia em encrencas com o Valete de Ouros do baralho, enquanto o Rei de Copas me dava guarida do lado de fora, boa gente — El Rei. Tinha certeza que Vinicius de Moraes frequentava o mesmo barbeiro do meu tio Ademar, e que ambos jamais usariam meias. O sapato branco e as canelas nuas dos dois. Era o estilo deles, mas eu não sabia o que era *estilo*, apenas separava Vinicius e meu tio Ademar dos outros adultos a partir de suas canelas nuas, e eles brincavam comigo. Eu estava sozinho. Ouvia a *tonga da mironga do cabuletê* numa espécie de walkman interno. Aliás, antecipei várias tecnologias que, logo depois de descobertas, seriam substituídas por outras muito mais eficientes, juro!. Isso em 1972. Era minha solidão. Até hoje, acredito sinceramente que as pessoas ouvem a *tonga da mironga* em walkmans acoplados diretamente em seus tímpanos, e, quando alguém aponta o dedo e me acusa de vaidoso, egocêntrico, umbiguista etc., eu atribuo esse julgamento à surdez interna do infeliz: que nunca vai saber o que é desfrutar da companhia do Vinicius e do tio Ademar em 1972: ambos girando pedrinhas de gelo no *blended* que é minha memória — feita do mais refinado isolamento. Eu podia citar milhares de exemplos, abrir o peito e desfolhar camadas e camadas de solidão que experimentei ao longo da vida. Tenho sim uma Roma dentro do peito e a lembrança de tia Neném furando meu pescoço com suas garras de harpia... e não se trata apenas de autoengano. Mas da solidão na essência, algo que eu poderia quase chamar de felicidade, apesar da dor.

Tem outro tipo de solidão. Aquela que maltrata, e que não depende apenas da nossa esquisitice, sei lá se eu posso dizer que é a solidão *de verdade*, mas posso garantir que é uma solidão que não remete a valetes e reis de baralho, ela é crua e óbvia, e cobra o condomínio atrasado; ela é o nosso erro em estado de urgência, um sentimento que jamais vai se misturar a qualquer desejo de abrir uma cachaça de rolha e nem vai admitir o encontro do céu com o mar, essa outra solidão reafirma a acusação e o dedo em riste, faz com que efetivamente nos transformemos em seres vaidosos e egocêntricos. Um caminhão de mudança que leva nossa Roma direto pro crematório de Vila Alpina: estou falando de uma solidão que é alheia à vocação, uma solidão que não está nem aí para as ruínas que acumulamos dentro do peito, porque é a ruína sobre a ruína, a reforma, aquilo que é prioritário diante da estagnação. A solidão que somente as mulheres são capazes de intentar.

Imediatamente pensei que Ariela seria mais uma ruína a carcomer dentro de mim. Todavia, ela (ou eu mesmo) me surpreendeu.

Dessa vez, confesso que não caí no abismo negro das faltas que ferem feito punhal, nem dos porquês inexplicáveis que fazem a gente emagrecer, escrever romances vingativos e ligar pros amigos de madrugada. Dessa vez, inclusive, poupei os amigos.

Em determinado momento, acreditei que não estava acompanhado da solidão de sempre, a supracitada, aquela que maltrata e que faz a gente confundir o amor perdido com a mulher que caminha desavisadamente do outro lado da calçada, embora eu visse Ariela não só do outro lado da calçada, como atrás do balcão da padaria, na caixa do supermercado e no meio dos pesadelos que me acordavam de madrugada para lembrar que eu — outra vez — era um apaixonado, mas dessa vez não teve a lâmina nem a dor lancinante que cresce feito um punho fechado dentro do esôfago. Ariela pairava, permanecia ao meu lado mas não exatamente como Joana, não, não exatamente. Não era só presença. Era dor também, mas uma dor que ao invés de me maltratar, me acalmava: imaginei que dessa vez quem me fazia companhia era o amor, o amor que sentia por Ariela, porque somente o amor não se contaminaria ao imiscuir-se com paixão e vaidade, sim, o amor de verdade, que não era apenas abandono e obsessão, e que também não era somente idealização infantil da minha parte, mas um amor que acompanhava a solidão com serenidade. Eu seria capaz de tanto? Ou estaria ficando velho e calejado?

— Você jamais vai amar alguém na vida.

Praga de cigana?

Não sei, e nem devia ter lembrado da cigana num momento desses. Mas o que posso afirmar, independentemente de ser amor ou paixão — ou a mistura dos dois —, não importa o nome, o que posso afirmar é que, pela primeira vez na vida, tive controle da situação. Eu imaginava que sim, talvez um controle que somente pudesse existir em função de um descontrole absoluto, mas era controle. Era sim. Além disso, uma certa elegância leminskiana. Bem, descontada a poesia, falando assim "eu tinha controle" parece até que guardava uma certa superioridade com relação à novidade que me entorpecia. Não era bem assim. O tal do controle apenas me acalmava quando devia me deixar puto da vida, e eu repudiava muito isso porque — sinceramente — não fazia a menor questão de conservar distância e muito menos de me tornar elegante diante dos cornos que brotavam da minha testa. Uma bosta de um controle que não me trazia segurança. A verdade é que — mesmo que eu tivesse amando pela primeira vez na vida — eu continuava infeliz, e travado.

Mas tinha controle sim, e uma porra de um diamante de quase dois quilates que eu congelei junto aos cubos de gelo, só pra ouvir um barulho muito particular misturado no copo de uísque, um tilintar que me acompanhou ao longo da vida, mistura de memória, dor e entorpecimento.

CAPÍTULO 7

28 de dezembro

— Paulinha?
— Oi.
— Oi.
— Sou eu.
— Eu sei.
— Tudo bem?
— Tudo.
— Bom que você atendeu.
— ...
— A gente se gosta, não gosta?
— ...
— Paulinha?
— Oi.
— Sabe... eu fui viajar nesse natal. Cheguei anteontem.
— Chegou?
— Pensei muito em você.
— Pensou?
— Putz, que merda que eu fui fazer. Sou o maior vacilão do Bixiga. Ah, Paulinha...

— ...

— Paulinha?

— Oi.

— Vamos conversar?

— ...

— Paulinha?

— Oi.

— Sabe, eu até trouxe um presente pra você...

— É?

— Dá uma chance? Eu explico tudo.

— ...

— Que tal no Verdinho?

— ...

— Paulinha? Cê tá aí?

— Tô.

— Então, O Verdinho. O bar. Na Praça Dom José Gaspar, atrás da biblioteca.

— Ah, o bar.

— A gente, Paulinha. Sabe...

— Sei.

— Era só você. Por onde eu ia, durante a viagem... todo tempo. A gente se gosta. Nem sei como falar... a bobagem que fiz. Parecia que você estava lá, no meio dos cafezais, na sombra dos eucaliptos. Até lembrei do amor que você tem pela Titi e pela Camila.

— ...

— Elas estão bem? A Titi continua com ciúmes da Camila?

— Camila que é ciumenta.

— Ah, é! Verdade! Titi faz xixi na cama, né?

Enfim. Paulinha Denise aceitou meu convite, porque sabia que eu não prestava, era um vacilão, mas gostava dela. Aceitou também — imagino que sim... — porque estraguei a surpresa e disse que havia trazido um lindo diamante do garimpo pra ela:

— Acredita em mim, Paulinha. Só pensava em você.

— ... (cachorrinhas latindo ao fundo).

— Verdade, Paulinha! Eu juro! Arrisquei meu pescoço. Enfrentei apaches, anões canibais, testemunhas de Jeová, seringueiros do PSTU, mocinhos & bandidos de todas as espécies, sucuris gigantescas, onças, górgonas, ciclopes, elefantes... tudo isso pra você.

— Pra mim?

— É Paulinha. Só pra você.

— Tira os anões canibais da lista.

— Tiro!

— Tira os elefantes.

— Tiro!

— Você não existe.

— Existo sim, minha cabrita. Eu te amo.

— Cabrita?

— Sim. Quer dizer, meu amor. Um diamante.

— Quié que tem?

— Trouxe uma pedra linda pra você. Batizei com seu nome. Eu olho pra ela e vejo você.

— Você é louco. Mentiroso. Mas isso que você acabou de falar é lindo.

— Purinha, sem nenhuma jaça. Juro! Oito lados, Paulinha. Uma raridade. Quando a vi brilhando no meio do minério de ferro, eu disse, essa pedra é da Paulinha. Ninguém tasca!

— uhns?

— Saiu da terra pra você, com seu nome: a partir daquele momento ninguém ia tascar e eu resolvi que ia se chamar Paulinha Denise.

— Queria acreditar em você...

— Mais de dois quilates.

— Mais de dois?

— Quase três.

* * *

Noventa pontos, quase um quilate. Lindo. E antes de se chamar Paulinha Denise, todo mundo aqui tá careca de saber, tinha outro nome (que eu me esforçava para apagar da lembrança). Que se fodesse Ariela e o arremedo de escritor, eles que se fodessem tomando conhaque na padaria, os dois vermes que me galharam.

O que importava, agora, era consertar a merda que eu havia feito com Paula Denise, a mulher de verdade. A putinha triste, que não era puta nem triste. A assistente de enfermagem que me esperava há quarenta e cinco anos na frente do Biro's.

Eu não sei como é que consegui apagar Ariela completamente da cabeça e colocar Paulinha no lugar — assim, sem maiores delongas, sem traumas. Ariela simplesmente virou bijuteria. E Paulinha, agora, era o que eu tinha de mais brega e precioso. Confesso que fiquei um pouco chocado com a falta de sensibilidade e a objetividade que me faziam agir como um cambista do show do Fagner, e muito mais chocado com os jogos de palavras que elucubrava em minhas permutas mais canastronas. Mas, apesar das bijuterias que viravam pedras preciosas e vice-versa, descartei de imediato a possibilidade de ser "um monstro dos trocadilhos". Um monstro não iria pedir arrego do jeito que pedi. Talvez um alquimista de chanchada, mas, no fundo, eu estava sendo sincero porque, em primeiro lugar, não podia ficar sem buceta e, depois, procurava consertar um erro crasso que havia cometido com Paulinha. Para tanto, eu teria de me redimir. E redenção é algo que transcende estilo e trocadilhos. Não tem erro, o resultado é invariavelmente sublime. Bastava amar Paulinha e ser amado por ela.

— Não é bonito?

Uma lindeza. Mais bonito se a mulher amada atender pelo nome de Paula Denise. Uma criatura superior, que — segundo meus cálculos — ainda me amava e não se importaria de selar nosso *love* ganhando um diamante de um quilate (ou quase) de presente. Nem ela, nem as cinco entidades que incorporava, nem a psicanalista que receitava os tarja-pretas. Ninguém, nem o cabeleireiro que ainda ia deixá-la careca, ninguém tinha como saber que o diamante era da outra. Né?

* * *

Eu não me perdoava, não pelo fato de ter abandonado Paulinha, mas por ter feito toda aquela patetice em nome de Ariela. Quer dizer, patetice interna, porque ninguém ficou sabendo que o caso era de amor eterno. Os joguinhos de palavras e trocadilhos persistiam, pensei em procurar dr. Reinaldo Moraes, mas entendi que dos males os trocadilhos eram os menores. Pior se eu tivesse cometido a bobagem de chegar no garimpo e anunciar Ariela como a mulher da minha vida. Na certa, Chitãozinho e Xororó tripudiariam dos meus sentimentos e, do jeito que os conheço, imediatamente providenciariam uma "moda" antes mesmo de o par de chifres brotar na minha testa. Todavia me aguentei, segurei a onda. Para todos os efeitos, eu revenderia o diamante pelo triplo do preço em São Paulo, e o lucro — tanto faz se uma ou outra ganhasse o diamante — seria abatido de uma dívida antiga que o caçula Xororó tinha comigo, portanto assunto encerrado.

A mulher de verdade havia me perdoado. E se ela havia me perdoado, ora, tava tudo certo. Menos o chapeuzi-

nho de poodle, e a carapinha alisada de Paulinha Denise
— que agora atingiam novo patamar.

Explicar é difícil. A parte lateral esquerda e a nuca per-
maneciam descoloridos. Paulinha não descuidava, lá do
jeito dela, nem das penugens da nuca. Do outro lado, ela
havia cortado rente, máquina um. Para contrastar — ao
mesmo tempo — com o lado esquerdo e o direito, uma
franja laranja-deus-me-livre erguia-se a partir do centro do
cabeção nortista em forma de tsunami, e lhe tapava o olho
esquerdo.

— Degradé, amor. Gostou?

— Tá lindo, Paulinha.

Como é que uma pessoa que é aconselhada por cinco entidades, e mais uma psicanalista, pode permitir que
um viado de um cabeleireiro faça tamanha cagada em sua
cabeça?

O mais curioso é que eu achava meio esquisito, mas
nem ligava. O chapeuzinho de poodle continuava preso lá
em cima, como se servisse de base para o tsunami que brotava do centro do cocuruto. Que se dane o corte de cabelo.
Que se dane o chapeuzinho. Nem ligava para o fato de ela
ter rapado a buceta máquina zero, e olha que eu sou exi-
gente nesse item.

— Tá uma belezura, meu bem.

Tava lindo. Se ela fosse um travesti, estaria lindo do
mesmo jeito — porque se tratava de uma mulher de verdade, brega, mas de verdade.

Paula Denise apareceu no Verdinho acompanhada da
irmã e de Francisnight. Ela reclamava muito da irmã por
conta de suas trapaças na esfera sobrenatural. As duas disputavam terreno no mundo paralelo, e Francisnight, que
também era coroado na macumba, procurava conciliar os
santos de uma com os santos da outra. Paulinha jurava que

a irmã era trambiqueira, que surfava em sua sensibilidade para chantagear a mãe, uma velha pernambucana casca grossa que nunca lhe dava razão. Além disso, tinha um irmão psicopata que cumpria pena em Santa Catarina, na Colônia Agrícola de Palhoça, e mais cinco cachorros (três poodles e dois chihuahuas) que disputavam seus lençóis com Titi e Camila. A vida de Paulinha, enfim, era o reflexo do seu corte de cabelo.

Foi nessa noite, na mesa do bar, que eu e Francisnight terminamos o "Forró do Nerd". Entendi que para recuperar o amor de Paulinha, eu teria de ganhar a confiança de seu melhor amigo e mentor, Francisnight, e da irmã trambiqueira — que navegava ao sabor do vento e também era muito gostosa, diga-se de passagem. O diamante no bolso. Até aquele momento, ninguém havia tocado no assunto, e provavelmente Paulinha devia estar pensando que eu inventara a história para impressioná-la. De certa forma, ela não cobrava nada porque havia me perdoado, e junto concedia indulto para as minhas gambiarras pretéritas, e para as futuras também. Do fundo do coração, imagino que ela avaliasse: "quem é que pediu diamante? mais uma lorota, deixa pra lá, eu gosto dele mesmo assim, por isso que capricho no penteado".

Uma lorota a mais, uma a menos. Noite linda e brega, duas dúzias de cervejas sobre a mesa. Um malho nervoso com a irmã no banheiro. O "Forró do Nerd" em breve na mente e no coração do povo, mais duas porções de frango à passarinho. Era o momento certo, e então eu disse: "parem tudo".

Saquei o diamante do bolso, e proclamei que aquela pedra era a prova do meu amor por Paulinha. O tsunami se ergueu a partir do chapeuzinho de poodle, ela tirou a franja laranja de cima do olho esquerdo, e balançou os ombros na direção da irmã e de Francisnight, como se os consultasse, eles anuíram. Toda orgulhosa pegou na minha mão, e me tascou um beijão na boca. *Só love.*

— Vamos pra casa. Dorme lá?

— ãhn?

— O diamante é verdadeiro. Igual a você. Eu e você. Confia em mim?

CAPÍTULO 8

Paulinha me evitou delicadamente. Não fui além do beijo. Achei melhor não insistir. Eu não tinha esse direito. Agora, aqui entre nós, uma reconciliação desse naipe, coroada com um diamante arrancado das profundezas de um subconsciente mineral, travado e assassino, merecia — no mínimo — um fodão.

A recusa de Paulinha me fez experimentar uma sensação esquisita de ambiguidade. Eu até que gostei, embora não tivesse tido tempo suficiente para assimilar a ideia de que o leão da noite anterior havia se transformado num poodle sub-reptício. Eu vivia uma realidade próxima a Titi e Camila, talvez um pouco abaixo das cachorrinhas, hierarquicamente falando. Mas estava tudo certo. Vale que eu havia consertado a merda, e seria feliz ao lado de Paulinha Denise, mulher de verdade, brega, mas de verdade, finalmente ao meu lado.

Ela roncava. Estalava os beiços e assobiava quando soltava o ar dos pulmões. Pensei que esse tipo de ronco só acontecia em desenhos animados. Fiquei puto da vida. Devia ter dado um safanão nela, acordado a folgada e ter reclamado meus direitos de... poodle (?).

No dia seguinte, cumprimos o roteiro: mãozinhas dadas, almoço por minha conta, selinhos. Bem, minha esperança era a *siesta*. Paulinha sabia que eu acordava de pau duro, que lá pelas 15h era meu ápice. Quantas vezes, antes de tê-la traído com Ariela, ela mesmo não me acordou grudada no meu "pirulito"? Tão meiga e inocente, Paulinha, chamava meu pau de "pirulito".

Nada de *siesta*. Ela resolveu que era hora de voltar pra Suzano. Tudo bem, pensei. Toco uma punheta, e amanhã resolvo a parada. No dia seguinte, Paulinha ligou pra minha casa aos prantos. A mãe queria saber de que modo ela havia ganhado o diamante. Acusou-a de puta, e a irmã — que acompanhou toda a *mise-en-scène* na noite anterior — calou-se. Qual remédio? Por ela, eu iria até Suzano de táxi, e explicaria à troglodita da mãe que minhas intenções eram as melhores. Que eu era um autor de livros de sacanagem recomendado pelos mais severos críticos e intelectuais do país. Além disso, acumulava uma fortuna com direitos autorais, e tinha condições de dar uma vida digna à filha brega dela, e se fosse o caso levaria os poodles juntos. *Cazzo*! Qual o problema dessa velha filha da puta?

Iria, mas não fui. A velha pernambucana me desancou pelo telefone. Disse que rufião nenhum iria dar brilhante pra sua filha. Eu tentei argumentar, disse que não era um brilhante, mas uma pedra bruta que precisava ser lapidada, e fiz uma analogia com Paulinha, uma pedra bruta, brega e pessimamente penteada, mas que era gostosa e chupava um pirulito como ninguém. A velha troglodita desligou o telefone na minha cara. Fudeu, pensei. Perdi o piço e a pedra. O curioso é que a filha da puta da velha não fez menção de devolver o diamante. Uma hora depois, Paulinha liga pra minha casa.

Decisão tomada. Chegou de mala e cuia, e disse que

depois ia pegar Titi e Camila pra morar conosco, e juntos — segundo seus planos — dividiríamos nossa felicidade numa quitinete-canil de 30 metros quadrados. Lindo. Ótimo. Problema resolvido. Agora vamos fuder, né?

CAPÍTULO 9

— Tem um bêbado no telefone, amor.

Ela me passou o aparelho. Era o Brecão: vindo dos cafundós de um passado movediço e improvável, ele mesmo. Somente o Brecão para fazer contato pelo telefone. Fixo. Qualquer outro teria o cuidado de usar a tecnologia para se reaproximar, arriscaria uma solicitação de amizade através do Facebook ou rede social equivalente. Mas Brecão não era apenas uma assombração perdida no tempo e no espaço. Ele não mudaria seu modus operandi apenas porque vinte e tantos anos se passaram, e um nerd chamado Zuckerberg se meteu no meio de Charles Darwin, Jesus Cristo e Vânia Marmiteira. Brecão não tava nem aí. Nunca esteve. Da última vez que nos vimos, enterramos Vânia, a marmiteira que morreu de AIDS em meados dos anos 90. Até aquele telefonema, eu havia descartado a hipótese de ter passado a doença para ela. Apostava no Brecão, mas o puto estava vivo, quer dizer, morto e vivo, louco e babando do outro lado da linha como se vinte e tantos anos e um Oceano Pacífico pra boi dormir não significassem — entre outras coisas — ele ter puxado quase dez anos de cadeia, e eu ter acreditado que havia me livrado dele definitivamente; e o pior de tudo, o passado — coerente como de costume — me ligava a cobrar:

— Brecão?

— Filhodeumaputa!

— Sou um cara casado.

— Pangaré!

— Tá louco?

— Muito louco, cumpadi. Também casei.

— Ah, meu Deus...

— Sério, merrrmão.

Quando o sacana pronunciou o "cumpadi" e logo em seguida arrastou o "erre" do "merrrmão", comecei a decifrar o mistério.

Só podia ser a carioca. Aquela retardada que conhecemos nas selvas da Malásia, amiga da Neusinha Brizola. Da época que traficávamos pimenta-do-reino e mais uns artigos de primeira necessidade pra juventude bronzeada da zona sul carioca. Tempos idos. Não lembro se foi o Brecão ou se fui eu quem o convenci. Ou se foi a falecida Neusinha quem nos influenciou. Mas atribuíamos à bandalheira uma função social. Idealistas. Nós e o nosso socialismo moreno. Que escorria das selvas da Indonésia diretamente pro Vidigal, morro abaixo.

— Tá com aquela pirada, né?

— Tu se escafedeu, foi pro garimpo, e eu fiz a vida, amizadinha.

Quem diria, Brecão casado e fiel. Depois da morte da Vânia, se engraçou com a socialaite carioca e, desde aquela época — presumi — vivia às custas da maluca que há um quarto de século percorria os lugares mais fodidos do planeta com o pretexto de fazer assistência social, e cheirava pó dia e noite. O pai dela era um nazista-ecológico, deputado estadual, viado enrustido que não disfarçava a paixão pelo genro, ninguém mais ninguém menos que o Brecão. Ou seja: incoerência completa, a cara do Brecão com aquele nariz que não parava de escorrer há vinte e tantos anos, servindo bem para cheirar sempre.

— Quer dizer que você surtou mesmo?

— Ritinha, do ramo dos Schmidt Vasconcelos.

— A maluca carioca, eu sabia.

— Garoto ispierrrto.

— Se você continuar falando desse jeito, desligo o telefone.

— E aí, mano? Firrrmeza?

— Vai tomar no cu, Brecão.

— Tô aqui no apartamento do sogrão. Cobertura duplex.

Paulinha me olhava com estranheza. Tapei a boca do telefone, e falei pra ela: "Amigo do Rio, meio pirado. Liga não".

— Pera aí, Brecão.

Ouvia-se um som de atabaques do outro lado da linha, berimbaus, afoxés. Quase dava pra sentir o cheiro do defumador e a encrenca que o telefonema prenunciava.

"Cabrita, você poderia descer e comprar um maço de cigarros?" Paulinha retrucou dizendo que não era uma cabrita, e que eu não fumava, eu disse que tanto fazia: pedi pra ela aproveitar a viagem e trazer umas latinhas de cerveja.

Paulinha foi às compras, e eu fiz a pergunta crucial pro Brecão:

— Tá comendo o velho?

Em suma. Brecão arrumou uma cobertura duplex no Leme pra passar aquele e os próximos réveillons de sua vida. Só ia depender de:

1. "preservar os canais";

2. conservar uma certa "discrição".

Ou seja. Bastava comer a bunda do velho, e acompanhar Ritinha nos chás beneficentes e bocas de fumo dos morros pacificados do Rio de Janeiro. Paz e amor, como nos velhos tempos. Uma tarefa hippie aparentemente simples. Acreditei que Brecão conseguiria "preservar os canais". Afinal, ele vinha — aos trancos e barrancos — fazendo isso há mais de duas décadas. O problema seria conservar uma certa "discrição", sobretudo porque ele me convocava — novamente — para ser seu cúmplice. Da última vez que o prenderam, e eu tive que me pirulitar vestido de mulher do padre.

Onde ele havia arrumado aquela gíria anos 70? Talvez tenha se inspirado em alguma pornochanchada do Canal Brasil. Sei lá. Só sei que não combinava com ele, gaúcho de Alegrete, grosso. O que para o Brecão era malandragem, para mim era sinônimo de encrenca e canastrice. Paulinha chegou da rua com a cara amarrada. Eu fiz o comunicado:

— Arruma as malas, cabrita. Vamos passar o réveillon no Rio de Janeiro.

Um minuto antes, Brecão, pra lá de Bagdá esquina com Chapéu Mangueira, do outro lado da linha, havia me convencido:

— O velho tá na Europa. Tem uma suíte com hidro. Pra tu e pra digníssima senhora.

— Tá de brincadeira?

— Tu e senhora Miriguela. O casalzinho amigo nosso.

Não ia ser fácil aguentar o Brecão falando gíria anos 70. Mas, porra, réveillon no Rio de Janeiro, cobertura, hidro e o escambau. Eu & Paulinha, o "casalzinho amigo nosso"? De endurecer o pau.

O universo conspira, e quando conspira demais é bom a gente desconfiar. Consegui duas passagens pro dia 31 de dezembro a preço de banana. Era a primeira vez de Paulinha no avião. A aterrissagem e o pouso mais perfeitos e bonitos do mundo. Ela não fazia ideia do que era decolar em Congonhas e pousar no Santos Dumont. Paulinha não sabia nada do Rio de Janeiro. Nunca ouviu o "Samba do Avião", não sabia nada de Tom Jobim e bossa nova. Tudo perfeito, a mulher de verdade, bom demais pra ser verdade. Mas aí é que morava o perigo: era verdade.

— Vem, Paulinha. Vamos comemorar o final de ano agora mesmo.

— O Rio é bonito, coração?

— Perto de você, é horrível. Vem cá, mulher.

— Posso te fazer um pedido?

CAPÍTULO 10

Tudo bem. Atendi o pedido. Foi uma merda ter traído Paulinha, ela precisava recuperar a confiança em mim. Disse — aliás me prometeu — que lá no Rio a gente ia se entender. Por ora, apenas mãozinha dada e selinhos. Nem Belchior ela conhecia, mesmo assim cantei pra ela a música grudenta do cearense na hora que o avião decolou. Parece que eu sou um escroto, mas sou romântico. Com o Brecão é a mesma coisa, parece que ele é um animal, mas na verdade ele só começa a latir quando está bêbado ou drogado. Do período das 15h, quando acorda, até mais ou menos às 21h, isto é, antes do terceiro uísque e a primeira cafungada, Brecão é um cavalheiro.

E lá estava ele no aeroporto — vejam só — dia 31 de dezembro às 17h. Brecão, a delicadeza, a finesse em pessoa. Vestia uma camisa havaiana, e atingia requintes de hospitalidade ao desfilar no saguão do Santos Dumont com um dockside náutico azul e branco, Rolex de ouro no pulso e um sorriso iluminado que realçava sua pele bronzeada. Só faltava o chapéu panamá para estampá-lo na capa da revista *Caras*. Eu pressenti qual seria sua primeira fala, e Brecão não me decepcionou:

— Bem-vindos à Ilha da Fantasia.

— Cadê o Tatu?

— Na cobertura, ajudando Maria Rita na decoração.

Paulinha abriu um sorriso largo. Os dois se entenderam imediatamente. Conversavam como velhos amigos, e, às vezes, me incluíam no meio do diálogo, eu achava aquilo tudo perfeito, sobretudo porque não tava muito a fim de papo furado. Então, diante do janelão que se abre para a pista e imediatamente para a baía de Guanabara, parei de caminhar por instantes. Os dois tagarelas se afastaram de mim e nem se deram conta. Nem eu me dei conta. Senti o sargaço e o azul do céu e a extensão da ponte Rio-Niterói, ao fundo, invadindo todos os lugares-comuns dos meus poros. Era como se a paisagem tivesse entrado no meu corpo. O que eu poderia fazer senão facilitar a invasão e deixar a felicidade correr livre até transbordar e explodir dentro do peito? Mais um pouco, eu, encarnação de buda gay da ponte aérea, levitava. Nesse momento, os dois se viraram para mim e me chamaram de volta.

Nem Brecão, muito menos Paulinha, eles não faziam parte da paisagem. De jeito nenhum.

Paulinha Denise, não. Em nenhum momento consegui vislumbrá-la no Rio de Janeiro, dentro da paisagem. Se ela me chamasse a partir da plataforma de embarque da rodoviária de Praia Grande, daria no mesmo. Brecão era uma falsificação ambulante, talvez, por isso, às vezes, eu conseguisse incluí-lo com muita boa vontade no Rio de Janeiro que imaginava para mim. Paulinha não.

— Bora!

Os alcancei, e Paulinha me perguntou:

— Verdade que eles tem um anão em casa?

— Mentira — eu disse —, tudo mentira.

31 de dezembro de 2011

No réveillon, o Rio de Janeiro todo cabe dentro do Santos Dumont, o resto vira Mongaguá. Culpa nossa. Nossa, da gente, ninóis paulistas/paulistanos.

O paulistano tem esse dom de levar as praias oleosas e a feiura da Baixada Santista pra onde vai. No final do ano, qualquer um, seja dinamarquês, gaúcho, cearense, ou até mesmo carioca, tanto faz, no réveillon, vira tudo bebedor de garapa. Ipanema se transforma numa Barueri, as mulheres bronzeadas empalidecem, e todos, sem exceção, são paulistas. Quando Deus fez o mundo, deve ter olhado pra Mongaguá e pensado: "é aqui". E carimbou a Baixada na alma dessa gente que não é caipira, não é praiana, não é metropolitana. Não é nada. Basta fazer uma viagem de metrô. Do terminal Jabaquara até o Tietê. Reparem. A cara amarrada. A mesma tristeza, o viço perdido. A deselegância nada discreta da tiazona crente vestida de urubu. Apenas o barulho do vagão, nenhum sinal de vida. Inventamos a embolia. O câncer de pulmão. A neblina eterna cobrindo a Serra do Mar. Hebe Camargo. O bermudão, o Rider e a camiseta regata. E Deus, só pra sacanear, dividiu a conta no cartão em mil parcelas a perder de vista, e sentenciou: "agora vão pra Mongaguá e não me encham o saco". Pra piorar, acrescentou ao nosso livre-arbítrio "um chopis & dois pastel": e aí as minas começaram a descolorir e alisar suas carapinhas, e os caras adotaram o ray-ban, o churrasco de linguiça e a pochete como estilo de vida. Resultado: de segunda à sexta-feira, sou obrigado a ouvir a mulher do 52 despedir-se do marido com um beijo na boca e um "bom trabalho" — o desejo do casal ecoa pelo fosso do prédio.

Às vezes desanima. Às vezes dá vergonha.

Uma piada dizer que temos alma cosmopolita. Como é que alguém que enche o pastel de catchup pode ter alma cosmopolita? De modo que é uma puta sacanagem as empresas aéreas venderem passagens mais baratas que a Itapemirim. Não bastasse, ainda deixaram Paula Denise comer baconzitos durante o voo. O leitor irá dizer: elitista, preconceituoso. Eu respondo: sou paulistano e conheço muito bem a Mongaguá que carrego dentro do peito, e sei com quem estou lidando.

Evitem o Rio de Janeiro no réveillon. Somente depois do carnaval é que as coisas começam a entrar nos eixos. Depois do carnaval, as sombras machadianas voltam a se estender sobre a cidade. Apesar das florestas menstruadas, as castanheiras dizem o contrário e não me deixam mentir, e, no outono, especialmente no final do outono, elas não devem nada as obsessões mamíferas de Nelson Rodrigues, mas não só as castanheiras, as tamarineiras também participam com suas vagens secas, ambas ajudam a empalidecer as ruas, de vagens e folhas mortas, ambas estendem suas sombras que atravessam o tempo com a elegância e o estilo das velhas viciadas, cansadas de tanta lubricidade e beleza.

Mas o Brecão me convidou, e Paulinha, que mandou ver no baconzitos dentro do avião, prometeu que ia dar gostoso para mim no Rio de Janeiro. Eu fui, fomos, ora essa.

* * *

Do aeroporto direto pra Adega Pérola, em Copacabana. Paulinha Denise torceu o nariz e arrepiou a carapinha, ficou com nojo do estabelecimento e armou uma tromba gigante. Eu e Brecão nem ligamos. Coisa de duas horas depois, lá pelo décimo chope e a quinta dose de Germana, a ouvi murmurar que preferia a praça de alimentação do Walmart. Fingi que estava bêbado.

Às 10 horas da noite não dava mais para fingir. Bêbados e ilhados na Adega Pérola. O celular do Brecão havia descarregado. O meu irremediavelmente fora de área e sem créditos. Maria Rita, Ritinha, a socialaite que o Brecão havia descolado, preparava os comes & bebes e enfeitava a cobertura não muito longe dali.

Não obstante, metade da população de Barueri, Cotia, Itapevi e mais um enorme contingente de Suzano, ocupava toda a extensão da Siqueira Campos e atravessava nossos chopes e cachaças, que apareciam e desapareciam de nossa mesa feito passes de mágica. O fluxo. Que a cada segundo se intensificava a partir da praia até alcançar a pacificada Ladeira dos Tabajaras, morro acima. Uma multidão de zumbis vestida de branco entupia a pobre Iemanjá de oferendas e pedidos — iam e vinham, de acordo com aquilo que a minha avaliação de bêbado encalacrado na Adega Pérola jurava que era o movimento das marés.

— Traz mais uma, garçom!

Não dava pra sair dali. Alguma coisa, ao meu lado, que vagamente me lembrava Paula Denise aos prantos, me sacudia e pedia pelo amor de Deus para ir embora. Brecão se atracou com um travesti, bem, talvez fosse uma mulher vestida de travesti, não sei. Conseguimos sair de lá ainda de madrugada. Depois, lembro de um quiosque no calçadão. Era um disco voador. Eu conhecia o truque dos alienígenas, e denunciei a nave extraterrestre para uma autoridade competente que nos encaminhou diretamente para dentro do táxi. De lá — consta — chegamos no apartamento do Brecão. Tenho certeza que aquilo que os otimistas chamam de "dia" ainda não tinha raiado...

1º de janeiro de 2012

Do quarto, ouvi os berros lancinantes de Maria Rita, a socialaite do Brecão, e mais uns barulhos de louça quebrada que me acordaram mais ou menos às 3 horas da tarde do dia seguinte. Paulinha Denise se esticava ao meu lado, seminua, numa tentativa de compreender onde havia amarrado o seu jegue. O pau quebrava na sala. Perguntei pra Paulinha:

— Quem é você? Que lugar é esse?

— Imbecil.

— Te comi?

Era a cobertura duplex da mulher do Brecão, virada de cabeça para baixo. Na sala, a vez do Brecão gritar:

— Rita, *love u*!

Um baque seco. Um objeto muito pesado caiu perto do terraço que dava pra piscina. Mas que merda, pensei, por que esses dois não concentram a briga num só lugar? A lógica era xingar e jogar o objeto em seguida. Como é que eu ia saber qual xingamento correspondia a determinado objeto?

— Tá ouvindo, Paulinha?

— Não ouço nada. Mais nada. Sou surda, e não quero ouvir.

— A coisa tá feia...

— Seu amigo é maluco, pior do que você.

— Eu? O que eu te fiz?

— Nada, você não me fez nada.

— Nem te comi???

Paulinha levantou da cama num pulo, e correu pro banheiro. Foi chorar lá dentro. *Cazzo*! Que hora pra se trancar no banheiro, onde é que eu ia mijar? Saí de fininho e logo achei o tanque da área de serviço. Mijei lá mesmo. Brecão e Ritinha se estapeavam no deck. Ouvi um tchibum. Depois outro tchibum, era o Brecão que mergulhava na piscina atrás da Ritinha. Caraio! O maluco tava dando um caldo na socialaite?

E se ele afogasse a mulher? Ah, foda-se. Voltei pro quarto, soltei alguns peidos e dormi novamente.

Acordei já era de noite. Paulinha permanecia trancada no banheiro, chorando. Lá fui eu de novo pro tanque da área de serviço. Mijei. Brecão tentou me surpreender ao arremessar uma latinha de cerveja que tinha por alvo minha nuca, peguei a mardita na virada, em pleno voo.

— Feliz ano novo, Miriguela!

— Opa! Feliz 2005, Brecão.

— Dois mil e quanto?

— Caralho, depois de 2002 perdi a conta.

— Acho que é 2012.

— Tem certeza, Brecão?

— Deve ser, acho que sim. E a Paulinha?

— Que Paulinha?

— Tua mulher, maluco!

— Ah, tá trancada no banheiro, chorando.

— Por quê?

— Sei lá.

— E a Ritinha?

— Que Ritinha, amizadinha?

— A socialaite, Brecão.

— Socia... o que, Miriguela?

— Aquela que tem um pai ladrão que gosta de dar o rabo pro genro.

— Ah! Foi pra Acapulco.

— Pra onde?!

— Pra puta que pariu.

— Por quê?

— Sei lá.

A área de serviço do apartamento de Ritinha contava com uma vista privilegiada. Pai e filha decerto não haviam reparado. Para tanto fazia mister mijar de pé. Pra ver a floresta tinha que mirar dentro do tanque, na ponta dos pés. O melhor lugar que mijei na vida. Revigorante mesmo. Me senti um Tarzã da Mata Atlântica quando abanei a pica prum bicho-preguiça que me observava com olhar lânguido e blasé; engraçado, nesse momento, lembrei do meu primeiro editor, assim meio desinteressado mas curioso, o tipo do cara que desdenha porque quer comprar, ele o bicho-preguiça. Sinceramente? Eu moraria no quartinho da empregada numa boa, e de bônus ainda ganharia a companhia de uma cachoeira borbulhante — e o melhor é que a cachoeira era só o borbulhar. Impossível avistá-la. Era mais um pressentimento do que uma queda-d'água. Pensei em fundar uma seita new-age na área de serviço do Brecão. O sujeito ia lá dar uma mijadinha no tanque e estabeleceria contato com a floresta mamífera e seres elementais, gnomos, sacis-pererês, saguis, bichos-preguiça, o fantasma de Mem de Sá e o sogro do Brecão de lingerie (pra quem apreciasse)... enfim, a área de serviço era de fato um lugar mágico: ótimo para quem é dado a presságios e visões, e tem que mijar de qualquer jeito. Desejei feliz natal ou feliz ano novo pro bicho-preguiça que continuava a me olhar com languidez, e voltei pro quarto. Feliz da vida, mesmo sabendo que ia dar merda, mas feliz da vida, como se Paulinha não continuasse trancada no banheiro e isso — a tal da felicidade — fosse possível, apesar dos pesares e longe do tanque da área de serviço.

CAPÍTULO 11

Brecão chegou perto de acertar na mega-sena. Baita cobertura no Leme. Dava pra ver a orla de Copacabana quase até o Posto 5. O problema — como eu havia previsto — era a tal da discrição. E sem discrição a "preservação dos canais" do malandro foi pras picas. Um pouco antes de eu acordar, ou um pouco antes de o primeiro objeto de arte voar da cobertura na direção do mar do Leme, Brecão havia revelado a Ritinha que o pai dela, além de ser um nazista-ecológico dissidente do PV e recém-filiado ao PC do B, também gostava de chupar rola e dar o cu.

No começo, Ritinha deu de ombros. Ela era assessora do pai, aspone, cúmplice. Tinha conhecimento das falcatruas do velho. Mas, depois que juntou a + b, isto é, depois que atinou que dr. Schmidt Vasconcelos não somente chupava a rola do Brecão, é que o bicho pegou. Se Brecão fosse um cara discreto, a coisa terminaria no vexame, no atraso, no réveillon que ele — que nós — estragamos por conta de mais uma bebedeira, normal. Réveillons e aniversários acontecem todo ano. Ele podia consertar a cagada em 2007, digo, 2014, 13, sei lá. Afinal, eu e Paula Denise e Copacabana inteira testemunharíamos a seu favor. Quem é que não sabe que Copacabana se transforma numa maçaroca irremovível na virada do ano? O problema é que o Brecão — como antecipei — tem todos os defeitos do mundo, e o mais grave deles, mais grave que a nossa amizade, é a indiscrição.

Ele não precisava dizer que — também — comia a bunda do velho. Porque uma chupeta é uma chupeta. Um ato quase involuntário. O sujeito fica ali paralisado e a chupadora, ou o chupador (no caso o sogro do Brecão), executa o serviço. Outra coisa, porém, é comer o rabo de uma bicha velha ecológica dissidente do PV. Isso demanda concentração e esforço, muito esforço. O cara só come se tiver muita vontade. Brecão nunca se empenhou a esse ponto com Ritinha. Então ela, finalmente, depois de tanto tempo, surtou pra valer.

A merda toda aconteceu antes de eu acordar. A única coisa que sobrou do apartamento foi a vista. Belíssima vista, aliás. Quer dizer: a vista, mais Paulinha Denise trancada no banheiro e o Brecão arremessando latinhas de cerveja na minha direção.

— Uma semana, Brecão?

— Foi o prazo que ela me deu.

— Essa mulher te ama.

Se a gente não saísse em sete dias, os capangas da bicha ecológica iriam delicadamente nos apresentar o caminho do olho da rua. De fato, sete dias depois de vinte e tantos anos, era prova de amor. Maria Rita Schmidt Vasconcelos amava o Brecão, corria o risco inclusive de voltar para ele. Diante da situação, ocorreu-me estuprar Paulinha, mas ela me fez mudar de ideia quando apareceu de canga na sala, esquisita e sorridente, iluminada mesmo, e fez essa proposta:

— Vamos pro quiosque?

— Agora?

— Por que não?

Uma noite leve. Divertida. Ou quase. Paula Denise — insisto — não fazia parte da paisagem, parecia uma havaiana dos Trapalhões. A mesma coisa aconteceu no dia seguinte quando mais ou menos recuperamos o fuso horário. Brecão se distraía com ela. Os dois haviam retomado a cumplicidade do aeroporto e, agora, Brecão sabia da história do diamante, e o pior, sabia que ela regulava a buceta para o seu melhor amigo desde que reatamos o namoro em São Paulo.

O puto, logo ele, aconselhou-me a ser compreensivo, assegurou-me que Paulinha era uma garota especial que merecia tempo e dedicação. Claro que sim, desde que ele não comesse ela antes de mim, tudo bem.

Mas não era o caso, Paulinha virou uma espécie de sacerdotisa particular para o Brecão. Fez a mesma coisa com o detetive Mauro Picanha, em São Paulo. E fazia o mesmo comigo. Comigo principalmente, porque eu dormia com ela. E não a comia desde nossa separação, coisa de quase um mês. Só podia ser mágica, feitiço, macumba.

Em dois dias varremos Copacabana, Ipanema e Leblon. Gastei mais de 2 mil reais com ela e com o Brecão, tudo no cartão de crédito. O pior foi levá-la à Argumento da Dias Ferreira. Ideia do Brecão. O que me deixou mais puto não foi o fato de ela ter comprado — com o meu cartão — um livro do dr. Shinyashiki, mas o vinho do Porto que o idiota do Brecão teve a infelicidade de pedir no café da livraria. Paulinha virou sete cálices. Eu tentava fazer uma aproximação entre o vinho do Porto e a cidade, mas não adiantava nada explicar que os lugares existiam em função da história, e que a história não se encerrava numa talagada (ou várias) de vinho do Porto, muito menos numa prateleira de supermercado que vendia os mesmos alisantes e as mesmas tinturas para cabelos em Ipanema e no Jardim Casqueiro. Em outras palavras: aquela xucra não tinha paladar, simples assim; ela jamais entenderia que alguém, antes dela, havia — entre outras coisinhas... — fumado maconha nas pedras do Arpoador e amarrado cavalos no obelisco da Rio Branco, que o Rio de Janeiro, a despeito da breguice de Paula Denise que contaminava a todos e ignorava a história, não era Mongaguá.

No dia 3 de janeiro a levei ao Bip-Bip. Paulinha detestou. Fez cara feia, armou tromba e o Brecão deu razão a ela. O puto disse que preferia lugares amplos e iluminados. "Tipo praça de alimentação, né Brecão?" Sim, claro. Ele concordava com tudo que a estrupício falava. Brecão, o homem que frequentava as rodas de samba da Gamboa e Pedra do Sal. Logo ele — vejam só — ele que me levou pra comer bacalhau no Cadeg lá em Benfica, logo esse puto vem me dizer — ou melhor — corroborar a tese de Paula Denise que acusava o Bip-Bip de ser um lugar "meio apertadinho". "O cu do teu sogro, Brecão, também é meio apertadinho?"

Isso porque, antes de irmos pra Argumento, no almoço — que eu paguei no meu cartão —, ela olhou dentro dos olhos dele e disse que dois orixás disputavam sua coroa. Orixás da pesada. Não se tratava de Zé Pilintra nem de Exu Caveira, era figurão graúdo de Aruanda. Nem preciso dizer que fiquei com inveja, e que o homem se encantou, sentiu-se o cara mais importante da macumba e do Tio Sam, o boteco frequentado por João Ubaldo antes de entrar em surto peessedebista. E eu pensei, João Ubaldo deve ter lá suas razões, pior seria se o autor de *Viva o povo brasileiro* entrasse em surto do PSTU, e, em seguida, avaliei: duas entidades a disputar a coroa e o respectivo couro do Brecão, o sogro bicha dele e a mulher drogada. Esse merda tá fudido, e amanhã ou depois de amanhã, quem tá fudido e no olho da rua sou eu, responsável por esse impiastro eso-térico, dona Paula Denise, que me regula a buceta faz qua-se um mês.

O limite do cartão de crédito tinha ido pras cucuias.

* * *

Como é que chama o dia antes da antevéspera? Sei lá. Sei que faltavam poucos dias pro despejo, e eu já havia de-sistido de comer a sacerdotisa do Brecão. Resolvi desfrutar da cobertura. Que vista! Nas favelas, ali atrás no Chapéu Mangueira e Babilônia, tem gente que aluga a mesma vista pros gringos. O problema é subir a porra dos morros, se dependurar nas lajes. Eu pensava comigo mesmo: imagina uma vista dessas sem ter de correr riscos? Vale uma grana preta. E eu aqui, desfrutando dessa porra na faixa. Ou qua-se. Até que o Brecão — fiz meus cálculos —, apesar de ser 171, é um cara legal.

Divagava pra ver se me distraía da merda que Paulinha fazia naquele momento...

Bobagens. Quem mora numa cobertura dessas não tem necessidade de alugar vista nenhuma. A paisagem é dele. A cidade brilha, as famílias atravessam as ruas e os cães cagam no calçadão só para ele. Daqui de cima, é dele o michê dos travestis e o primeiro beijo dos namorados, ele não precisa fazer nada diferente de olhar para baixo, e pos-suir, e se o puto olhar em linha reta tem o horizonte e o sol que morre todo dia só para ele. Imediatamente acima de seus cornos o céu azul do Rio de Janeiro. Um cara que mo-ra numa cobertura dessas não vai dividir o azul do céu com ninguém. E tá certo. No caso do sogro ou ex-sogro(a) do Brecão, a exclusividade era mais do que justificada. Tudo roubado. O Rio de Janeiro lá embaixo e o motim aqui na cobertura..

.... enfim, eu divagava esticado numa *chaise longue* e analisava seriamente a possibilidade de arremessar Paulinha lá de cima. Eram umas 10 horas da noite. Minutos antes, eu e o Brecão assistíamos *Bofe de Elite*, programa do Tom Cavalcante. Aliás, muito bom, recomendo.

Quando Paula Denise apareceu na sala e nos convidou para ir à praia, nem olhamos pra ela. Apenas lembro de ter falado algo do tipo: "Vai lá, minha filha".

— Vou tomar um banho, e já volto — ela disse.

— Tá.

Dali meia hora, ela aparece na sala. Vestida de puta. Não, não era o vestido que usou no dia que enlouqueceu os para-atletas no Marajá. Era de puta mesmo. Tanto que foi a primeira vez que reparei na borboleta gigante tatuada em sua coxa. A cinta-liga amarrava a borboleta. Além disso, tinha o umbigão. Aquele umbigo mal tesourado que deixa a tripa um pouco pra fora, um detalhe nada desprezível. Todavia, esse era apenas *um dos detalhes* que mais saltavam a vista, quase o centro geodésico do vestido. Mas sobretudo o decote. O correto seria dizer que o decote tinha um vestido, e não o contrário. A fenda em V começava nas orelhas, atravessava todo o tronco e se prolongava mais ou menos cinco centímetros abaixo da protuberância umbilical, e depois seguia alucinadamente na direção da linha de pelos escuros que levava ao púbis. Curioso, até aquele momento, eu não sabia que Paulinha tinha uma borboleta tatuada na coxa, nem sabia que o umbigo dela era tão feio. Dentro desse decote, ou melhor, fora dele, as tetas saltavam e pediam pelo amor de Deus me chupem. O vestido vermelho — grudado nela feito uma segunda pele — começava e terminava no decotão em V furioso. Como se o corpo inteiro de Paulinha tivesse se transformado numa espécie transgênica de oroboro que engolia a si mesmo e a tudo que girasse em torno de sua órbita — no caso e até aquele momento, eu e o Brecão. Paulinha Denise havia se transformado numa uisqueria ambulante:

— Mas sem calcinha?

— Unhs?

— Onde é que você vai?

— Dar uma volta.

Brecão olhou para mim, eu olhei para o Brecão, e desatamos a gargalhar. Compulsivamente.

— Tchau!

— Pera aí, Paulinha!

— Quer ir comigo?

— Desse jeito? Tá louca?

— Tchau!

— Pera aí.

Olhei pro Brecão, ele havia congelado.

— Explica pra ela, Brecão!

Nada. O homem entrou em estado de catalepsia. Talvez abatido por uma crise moral aguda. A alma corrompida do Brecão pedia arrego. Era outro Brecão. Paralisado, catatônico. Eu e ele perplexos diante do excêntrico umbigo de Paulinha e da xoxota raspadinha que contrastava com os pelos negros abaixo do umbigo. O que eu posso dizer? Digamos que o conjunto da obra sorria de lábios arreganhados pranóis. Imagino que Brecão deva ter se arrependido de todos os seus crimes e pecados, e agora conjeturava abandonar os vícios, e levar uma vida regrada. Naquele breve momento, talvez tenha avaliado a possibilidade de trabalhar na TV Folha ou numa corretora de seguros.

— Cê não vai falar nada, Brecão?

— Tchau!

— Paulinha! Espera! O calçamento aqui no Rio... as

pedras portuguesas, às vezes, causam transtornos. Você pode se machucar, torcer o pé, entende?

— Nada! Tô acostumada!

— Ela tá acostumada — balbuciou o Brecão.

— Quantos centímetros tem o salto dessa sandália? — perguntei.

— Uns quinze, eu acho. Tchau!

— Aonde você pretende ir?

— Dar uma volta.

— Paulinha. Você sabe que isso aqui é o Rio de Janeiro?

— Unhs?

— Presta atenção, meu amor. Lá fora, isso aqui é aquilo ali. Olha lá: o Rio de Janeiro.

— Unhs?

— Uma seleção. Os mais bêbados, drogados, vikings e loucos varridos de todas as nacionalidades e espécies, todos eles atrás de encrenca, sem falar nos malucos locais. Existe uma probabilidade muito grande de dar merda. Olha pra mim, Paulinha...

Ela tirou o batom da bolsa, e um pincel. Arqueou a sobrancelha, olhou pra mim de alto a baixo com desprezo, retocou a maquiagem calmamente, e disse:

— Vou dar uma voltinha.

— Desse jeito?

— Unhs?

— Sabia que toda a putaria do hemisfério sul está concentrada logo ali embaixo. Logo ali. Só atravessar a avenida, aquela avenida, tá vendo?

— Aonde?

— Ali. Avenida Princesa Isabel. Aquela é a Avenida Princesa Isabel. E do outro lado da avenida, é o Lido. A ONU da putaria!

— Tava faltando essa informação — disse o Brecão.

— Vai tomar no cu, Brecão!

— Abaixo a escravidão! Viva a Princesa Isabel! — proclamou Brecão, subitamente saindo do estado de catatonia...

— Tchau!

— Paulinha, pera aí.

* * *

Acompanhamos a saída da mariposa pelo circuito interno de vídeo. O porteiro quase que bate uma punheta com o próprio pescoço ao acompanhar o rebolado dela. Paula Denise caprichou no rebolado, diga-se de passagem.

— É.

— Pois é.

— O sogrão vai pirar.

— Relax. Teu sogro tá lá na Escócia, mamando na gaita de fole de algum Black Label de minissaia.

Brecão me acusava de ter fornecido provas contra nós mesmos. Um erro crasso. Mas de que provas ele falava? A puta da cobertura: estava tudo gravado. Ela é puta? Ela não é puta? Não era exatamente a deusa do recato, mas Brecão, logo o Brecão, quem era ele para acusar a mequetrefe de ser puta ou filha da puta? Então, o jurisconsulto explicou-me sua teoria, segundo a qual ele estaria perto de conseguir usucapião do duplex, "sabe cumé?". Não eu não sabia, mas entendi que havia um acordo tácito entre ele e o sogro. Posse. Usucapião do rabo da bicha velha. Além de corrupto, ecologista e ladrão, o sogro era ciumento e possessivo. Tinham um trato. E o Brecão, um cara disciplinado e cumpridor dos deveres morais e cívicos, seguia as cláusulas à risca. Surpreendente. Assim é que ele "preservava os canais" e mantinha uma certa "discrição":

— Os canais do intestino grosso que terminam no reto, que coisa mais linda, Brecão.

O trato era o seguinte. Na cobertura, apenas ele e o sogro de lingerie. O ramerrame diário. E Ritinha recebia os traficantes e socialaites amigos dela, tudo dentro do maior respeito. Tradição. Família. Propriedade.

— Vocês também cultuam a Virgem Maria de Guadalupe?

Sim, claro. Católicos fervorosos. Nada de puta, nem travestis no duplex. Com isso, ele novamente insinuou que minha mulher fazia programas, chupava picas e dava o cu mediante paga. Mas, na verdade, Brecão, o rei dos protocolos, queria me fazer compreender que os benditos canais que ele tanto tentou preservar e a discrição, afinal de contas, tinham ido pra casa do caralho. Tava tudo filmado. Não bastasse, o zelador punheteiro filhodaputa era cupincha do velho.

— Porra! Ela não é puta!

Eu devia ter ficado quieto diante do estrago que direta e indiretamente provoquei na rotina do Brecão. Não era o caso de cobrar o que ele me devia, eu o havia perdoado mas não esquecido: meu crédito permitiria levar a Kilt toda pra dentro do duplex. Outra coisa. Se Paulinha Denise era puta ou santa, antes disso era minha mulher, e nós éramos convidados do Brecão. Vexame. Até que ele foi bastante generoso e didático comigo, mesmo assim não aguentei. Brecão podia perfeitamente ter discorrido sobre a merda em que nos encontrávamos sem usar aquelas gírias anos 70, que porra! Então, o fiz entender duas coisas. Em primeiro lugar que, apesar de ser hóspede, eu não era "cumpadi" dele. E, depois, que tampouco era sua "simpatia".

Brecão polidamente deu de ombros, e me convidou para experimentar uma vodca que o sogro bicha trouxera de uma viagem à Rússia. Destilada, segundo depreendi, de uma grama especialmente cagada pelos bisões da Sibéria.

— Bisão?

Bisão, parente do búfalo. Tinindo de gelada. E Ritinha recomendara expressamente ao Brecão para não abrir aquela garrafa de jeito nenhum.

— Merda de bisão?

A grama que brotou do estrume do bisão, acho que era isso. Ou seria o capim pastado pelo bisão no curtíssimo período de tempo do verão siberiano? Deduzimos que tratava-se de uma combinação rara de tempo, lugar e cocô. E, naquelas circunstâncias, não fazia diferença se a vodca vinha da Sibéria ou do Turcomenistão, se era destilada a partir da grama ou do cocô do bisão, o fato é que dispúnhamos da garrafa em cujo rótulo constava a figura de um bisão solitário e carente que pedia para ser bebido imediatamente. Mas, e se não fosse estrume? Vindo do sogro do Brecão, podia perfeitamente ser porra de bisão. Brecão ficou na dúvida. Arriscamos. A única certeza é que dentro de pouco tempo levaríamos um pé na bunda, e a porra da vodca ou a vodca de porra trincava de gelada.

— Abre!

— Múúúúúú.

— Múúúúúú???

— Desencana que bisão não late.

— O que a bichona foi fazer na Rússia?

— Dar o cu e torrar dinheiro público.

— Até que de vez em quando, Brecão, você é um cara sensato. Faz sentido.

* * *

Uma vista deslumbrante do Rio de Janeiro. Eu & Brecão brindamos o despejo com sotaques cariocas dos 70s.

Depois de liquidar o bisão, partimos pros vinhos e amontilados. Às 3 horas da manhã, Brecão declinou e tirou o time dele de campo. A mim só me restava esperar a puta chegar para logo em seguida arremessá-la do alto da ex-cobertura duplex do Brecão... antes disso, resolvi ligar pro celular dela:

— Paulinha, tá tudo bem?

— Tá.

— Aonde você tá?

— Debaixo de uma placa. Conversando com uma mulher.

— Volta, Paulinha.

— Tchau.

Dali uma hora liguei de novo:

— Volta agora!

— Tá louco?

— Se você não voltar...

Caiu a ligação. Não consegui ligar novamente. Mandei mil torpedos e trovoadas ameaçadores. Ela não respondia.

Chegou às 6 horas da manhã. Bêbada. Levou um esculacho, e foi pro banheiro chorar. E eu dormi. No mesmo dia, pedi delicadamente para ela fazer as malas e sumir da minha frente. Ofereci o dinheiro da passagem. Ela não queria aceitar, disse que não precisava do meu dinheiro. Pensei em pedir o diamante de volta, mas deixei pra lá. Foda-se. Mas... COMO É QUE ELA NÃO PRECISAVA DO MEU DINHEIRO?

— Faturou ontem à noite?

Ato contínuo, levei uma cusparada. Fui xingado de todos os palavrões conhecidos e não conhecidos em Suzano, no Lido e arrabaldes. O repertório de Paulinha surpreendeu a mim e a lorde Brecão, o rei dos protocolos. Depois dos palavrões, elencou todos os meus defeitos. Eram muitos. O treco não tinha fim. A esculachei outra vez. Nisso, Brecão interveio:

— Respeitem a diarista, ela é evangélica.

Oquei, prosseguimos na baixaria até que ela disse que tinha nojo de mim e que, a partir daquele instante, nunca mais ia nem olhar, nem me encostar, nem me dar bom-dia. Improvisou um losango com os polegares e os indicadores, evidentemente sinalizando a buceta que me regulava há semanas, e foi peremptória:

— Isso aqui, meu bem, esquece!

— ENFIA ESSA BUCETA NO CU.

— Manera, brou... O que a diarista vai pensar?

— Vai se fuder, Brecão! Você e essa porra de diarista do capeta! Evangélica tem buceta, não tem? Cê tem buceta, diarista?

Paulinha chorava. Brecão acendeu um charuto de maconha, e saiu rapidamente de cena. E eu terminei a discussão jogando 120 reais na fuça do impiastro:

— Toma. Você não vai precisar, mas eu te trouxe até aqui, e agora faço questão de pagar a passagem de volta. Tchau.

Ela guardou o dinheiro na bolsa — forrada de euros, pensei comigo mesmo.

Em seguida, arrumou as malas, me rogou mais meia dúzia de pragas e chamou pelo Brecão, que meio atordoado a levaria até o ponto de táxi. Liguei a TV e pus no canal que filma as dependências do prédio, e vi os dois conversando no elevador, ela chorava e Brecão a abraçou por breves instantes. Logo em seguida, atravessaram a portaria, e rapidamente sumiram do sistema de vídeo do prédio. Corri para o terraço. Deu tempo de vê-los atravessando a rua em direção ao ponto. Brecão colocou as malas dela no bagageiro do táxi. Outra vez se abraçaram, dessa vez mais longamente. Achei que o puto tirava uma casquinha, mas tudo bem. Foda-se. Ela entrou no táxi. E eu voltei pra televisão, mudei de canal e caiu na Ana Maria Braga — que ensinava uma receita de rocambole de carne, acho que era isso: rocambole de carne.

CAPÍTULO 12

A mesma cena. As malas, as despedidas. O choro. As malucas no ponto de táxi. Fazia três dias Brecão havia deixado Ritinha no mesmo ponto. Paula Denise e Ritinha pediram pro Brecão carregar as malas, e ele foi.

— A gente destruía o apartamento, e depois ficava tudo bem. A diarista é testemunha...

— De Jeová?

— Não zoa, Miriguela. Tô na lama. Depois do caldo que dei na Ritinha... coitada, ela se encolheu toda. E quando ela se encolhe daquele jeito, merrrmão. Foda. Eu vou lá e abraço como se fosse a casa de um caramujo. Uma choradeira da porra.

— Que romântico, Brecão.

— Foda, merrrmão. Muito foda. Só que agora ela foi embora.

— Você vacilou, Brecão. Foi dizer que comia a bunda do sogrão. Aí ela não aguentou. A casa caiu. Mas complicado mesmo deve ter sido fazer caramujinho no sogrão.

— Difícil.

— Brecão?

— Fala, cumpadi!

— Cumpadi é a casa do caralho do caramujo. E você é um filho da puta, mas eu estou aqui pro que der e vier. Acho que a vodca do bisão não desceu bem.

— Ritinha pirulitou.

Nunca vi o Brecão daquele jeito, apesar das gírias anos 70, o puto permanecia — com o perdão do trocadilho — amuado.

— Que é que há, Brecão?

— Igualzinho. A mesma cena. Tudo igual.

— Você teve um *déjà-vu*! Além de educado e cavalheiro, agora têm *déjà-vus*. Quem diria...

— Tem cura?

— Se a mesma cena se repetir com teu sogro, aí, Brecão, lamento dizer... mas não tem cura, não.

— Cê já teve?

— O quê?

— *Déjà-vus*?

— Tô tendo um agora.

E junto com a porra do *déjà-vu*, a culpa de ter mandado Paulinha enfiar a buceta no cu. Eu não precisava pegar tão pesado. Mas, porra, sair vestida de puta e depois querer voltar pra casa bêbada e cheia de razão? Não aguentei. No mais, existia a possibilidade de Paula Denise ser apenas uma maluca esquizofrênica psicótica com transtorno tripolar e o caralho a quatro mais a cigana e tia Alzira e as entidades que ela recebia... tudo isso somado à carapinha alisada e descolorida, e o chapéu de poodle que ela — pasmem — *não usava* quando saiu pra noite de Copacabana vestida de puta, menos mal. Brecão, sinceramente, me diz uma coisa:

— Cê acha que a Paulinha é puta?

— Cê acha que meu sogro é bicha?

Brecão estava curado. Foi o primeiro e único *déjà-vu* de sua vida, dos males o menor.

* * *

E se ela fosse puta? Qual o problema? Tinha o tal do seu Akira na jogada. O velho japonês. Por que o japa pagou fiança na ocasião em que ela foi grampeada nas Lojas Americanas? Paulinha mesma me disse que aplicava injeções na pica do veterano... qual entidade, afinal, alegrava as matinês do velho samurai aposentado? A cigana cagadora de regras ou tia Alzira, a dengosa? Bem, nesse caso, não fazia diferença se Paulinha estava incorporada ou não. Tratava-se de... fisioterapia...? Ou era pura sacanagem do velho japonês?

Qual o problema de ela ser puta? Sinceramente? Nenhum.

A questão é que não consegui recuperar a melhor parte, o "antes da cagada": e eu fiz o possível para ter aqueles dias esquisitos e felizes de volta, aguentei quase três semanas na fissura desde que retomamos o namoro, mas ela foi protelando, esticou a corda para me testar e também, eu acho, se testou. Até que a corda arrebentou. Imagino que a mesma aversão que eu tinha com relação a sua breguice, ela devia ter com relação ao meu cavanhaque de intelectual que depois virou apenas um bigodinho grisalho muito do escroto, sim, acredito que ela foi se testando e me testando na mesma proporção que nossa aversão aumentava dia a dia. Ainda assim, insistíamos, cada um à sua maneira. Eu fiz minha parte. Ela também devia acreditar na felicidade, no nosso amor esquisito e improvável. Mas era amor, não tem outra explicação. Porra, antes da cagada, a gente se dava bem.

Antes da cagada tem um nome. Ariela. Ariela. Eu podia ter enganado Paulinha, e simplesmente ter tocado em frente. Uma traiçãozinha de praxe. Podia ter mentido e ter feito a mesma coisa que fiz quando lhe dei o diamante de presente. Ela jamais desconfiaria que aquela pedra era de

Ariela, a mulher que detonou nosso caso. Bastava repetir o procedimento de praxe. Bastava enganar Paulinha. Bastava seguir minha vocação. Eu era um especialista em volteios, a mentira corria solta no meu sangue. Mas contei, e o pior, a troquei por Ariela. E depois destroquei. Imagino que Paulinha sofreu demais por conta dos vaivéns, e tentou mas não conseguiu superar a lógica destrambelhada que sempre me levou pro fundo da terra, de onde — aliás — invariavelmente brotam meus diamantes mais reluzentes e preciosos. As pedras da destruição. A questão é que não foi apenas uma pulada de cerca. Ariela era a pedra que mais brilhava, a mais perfeita e preciosa da minha coleção de desfazimentos. E, agora, pensando bem, eu não havia trocado e destrocado Paulinha por uma maluquetezinha qualquer. Sentia falta de Ariela. Não queria admitir, mas a todo instante comparava uma com a outra, e Paulinha perdia de longe. Diante disso, o que significava a roupa de puta de Paulinha?

Nada, eu a perdi mais uma vez por nada. E lamentava mais o engano do que o fato de ela ter ido embora. Como se a confusão fosse o suficiente para explicar meu sofrimento, mas não era. De certo modo, Paulinha sabia que eu prolongava a traição, eu é que não tinha atinado e insistia naquela pantomima, troquei a promessa da trepada por uma história que não existia mais. O final do nosso caso era a única coisa sensata nesse momento. Ah, que piada. A sensatez. Depois da merda feita é que me ocorre que, no final das contas, sou um cara sensato, mas aí já é tarde demais. Portanto, insensato, burro, estúpido.

Na verdade, ela foi generosa comigo ao me evitar. Tadinha. Mas o que me deixou mais culpado ainda, foi a revelação que Paula Denise fez a Brecão no elevador, antes de partir. Quase inacreditável. Não porque fosse improvável, mas porque era muito óbvio para não ser verdade, a cara dela:

— Paulinha se vestiu de puta pra você.

Quando Brecão chegou com essa novidade, eu repeti a censura e/ou prolonguei a mesma reação que resultou no estrago definitivo: "Mas como? Ela queria que eu saísse com ela vestida de puta?".

Era o plano, me garantiu Brecão. E disse mais. Que Paula Denise, embora magoada pelo fato de ter enfrentado a noite do Lido sozinha, me perdoaria. Seria o último teste. Quer saber, Brecão? Fui reprovado com louvor no vestibular de Paulinha. Se eu engolisse a pataquada e ficasse quieto, talvez, agora, ela estivesse passeando comigo de coleira lá no calçadão da praia, tá vendo aquele poodle? Igualzinho.

— Os poodles são felizes — arrematou Brecão, sabiamente.

Claro que o plano de Paulinha era completamente estapafúrdio, mesmo assim, aquilo me deixou muito mal. Uma mistura de incredulidade, culpa e raiva. Por mim e por ela. Então remoí até chegar ao caroço da tal da sensatez tardia.

O casal esquisito mais feliz do mundo. O estapafúrdio era nossa marca. Sob esse aspecto, até que o fato de Paulinha ter saído vestida de puta não foi algo tão grave e nem tão imprevisível assim. Estapafúrdio sim, mas, dentro da maluquice que vivíamos desde que nos conhecemos na frente do Biro's, previsível. Eu não devia ter me espantado, nem me revoltado daquela maneira. Não tanto, mas como não reagir? Vou falar o óbvio. As mulheres sempre, independentemente da bizarria ou da sobriedade, não importa o estilo do sujeito, mas elas sempre vão querer ser "surpreendidas" pelo homem que as acompanha. Ok, tudo bem. O problema é que, na maioria das vezes, os homens não correspondem às expectativas das mulheres. E vice-versa. Isso faz parte do jogo, é mamífero, é praxe. Eu e Paulinha, apesar de sermos um casal estranhíssimo, não fugíamos a essa regra. Creio que é difícil para qualquer um acompanhar o ritmo de uma mulher apaixonada. Agora, acompanhar as oscilações de Paulinha, que, além de mulher apaixonada era/e é aquilo tudo que a farmacologia e o mundo sobrenatural regurgitavam diante da minha fuça, ou seja, ela o mar, e eu a sujeira da praia, porra, apesar da minha cafajestice, acompanhá-la em suas excentricidades e transbordamentos, até para mim — que sou amigo do Brecão — acabou virando sinônimo de missão impossível.

Não dei conta. Pronto. Talvez não a ponto de corresponder ao amor de Paulinha, e o contrário disso é amor também, só que transformado em aversão, ódio, traição, nojo, afronta, ridículo, desespero e, no final, solidão. Pensando bem, nem os poodles são felizes.

CAPÍTULO 13

— Será que ela vai fazer macumba pra eu ficar brocha?
— Claro que sim.
— Valeu, Brecão.

CAPÍTULO 14

O ano de 2006 não começou legal em 2008, ou 10. Ou 2012. Talvez 2012. Numa quinta-feira implacável de um janeiro desastrado e filho da puta. Janeiro de 2012 — segundo as contas do Brecão e o telefonema "amigável" da parte do advogado do dr. Schmidt Vasconcelos. Sim, o diário de bordo da nossa Enterprise despirocada indicava: prazo final 8 de janeiro do ano da graça de 2012. Uma semana e um dia antes, éramos a promessa de dois casais felizes no alto de uma cobertura maravilhosa com vista para o mar do Leme & Copacabana. Nem sei por que essa divisão. Os cariocas devem ter lá seus motivos, mas para mim, o Brasil inteiro, com exceção de Mongaguá e Balneário Camboriú, podia ser Copacabana. O Brasil podia ter a vista e o futuro que eu e Brecão tínhamos uma semana antes de Maria Rita e Paulinha desistirem da gente. Mas, infelizmente, ao contrário de todas as expectativas, ninguém mais olhava para o mar. Nem o Brasil, nem o dr. Schmidt Vasconcelos, muito menos eu e o Brecão. Nosso horizonte era a parede.

No caso do dr. Schmidt, uma opção. No meu caso e do Brecão, burrice mesmo. De quatro olhando pra parede à espera dos capangas dele pra nos enrabar. Eis o quadro.

Já fazia dois dias que Paulinha havia partido. Detonamos o bar excêntrico do velho boiola. Vodca russa de merda de bisão, saquê de unicórnio, bebidas azuis e vermelhas, caninhas nobres produzidas pelo ramo descolado da família real brasileira e maltes envelhecidos desde a guerra dos cem anos, vinhos da Borgonha e conhaques da putaqueopariu. Tudo roubado pelo dr. Schmidt Vasconcelos, e devidamente bebido por mim e pelo Brecão. Ladrão que bebe de ladrão, tem cem anos de ressaca.

E, além da ressaca de merda de bisão destilada, uma ressaca de realidade que nos acuava a cada segundo. "Quer saber de uma coisa?" "Diga, Brecão":

— Simbora!

Sem mulher, sem grana, falidos e fudidos. Nada de Santos Dumont, direto da rodoviária Grande Rio para o terminal Tietê, em São Paulo. Antes disso, Brecão, muito cortês e educado, fez questão de deixar as chaves, "o molho de chaves", dizia ele, aos cuidados do porteiro dedo-duro, com a recomendação expressa para que o velho as enfiasse na bunda: "o molho, diga para o dr. Schmidt Vasconcelos enfiar o molho no rabo, e não deixe de experimentá-las antes pra ver se abre, falou, gente boa?".

* * *

Quase 10 horas da noite. O celular me acordou na via Dutra. Abri a cortina do ônibus, e vi o Shopping Guarulhos correndo do lado de fora da janela. Pesadelo:

— Paulista!! É o Paulista??

Odiava esse tratamento. "Paulista", que merda é essa?, tenho nome. Há mais de vinte anos que não me chamavam assim. Se não me falha a memória, era eu o Paulista que traficava iguanas e contrabandeava pimenta-do-reino nos cafundós da Malásia, mas fazia tanto tempo, era uma memória tão remota, e sobretudo desnecessária, que descartei a hipótese e quase desligo o telefone... "Paulista??" Engraçado, a memória voltou, junto com a tremedeira e o fantasma da Vânia Marmiteira, talvez fosse a lembrança das malárias que contraí naquela época, sei lá, mania idiota de chamar catarina de alemão, nordestino de baiano, e agora esse telefonema esquisito que me acordava de uma ressaca de merda de bisão bem na frente do Shopping Guarulhos! Puta pesadelo do inferno, Krakatoa que me valha, cramulhão bebe do teu próprio veneno e siga teu caminho, São Bento me proteja... ia desligar o celular quando a voz desesperada gritou do outro lado:

— Paulinha!

Ah, então não era Paulista, era Paulinha.

Que porra de Paulinha? Inconformado, do outro lado da linha, Francisnight vociferava e me xingava de todos os palavrões do forró universitário, rogava pragas e ameaçava:

— Cadê ela, Paulista? Que é que tu fez? Ela tá aí contigo?

Tinha esquecido desse detalhe: Francisnight, meu parceiro de forró, não conseguia me chamar pelo meu nome, Marcelo. Simples Marcelo. Se fosse Maicon eu não teria tido problemas, então, o xucro me chamava de "Paulista". Não era engano. Ou talvez fosse... sei lá. Paula Denise podia ser apenas uma maluca. Ora. Todos os indícios, desde o dia que a encontrei na frente do Biro's, reafirmavam a maluquice, mas se desdiziam também, aqui nas minhas ideias, sim. Isso é o que importava. Era isso que funcionava. A opinião do Brecão, o torcicolo do porteiro dedo-duro, as evidências galopantes da maluquice e as negativas de Paulinha com relação ao sexo, não contavam nada diante da nossa felicidade antes de Ariela. Eu apostava que sim, embora me enganasse — talvez por esporte. E depois de retomar o namoro, aparentemente, éramos os mesmos. Ela continuava brega e eu mudei um pouco, tirei o cavanhaque e conservei apenas um bigodinho grisalho em cima do beiço, só para irritá-la... e para agradá-la, também. Talvez o visual combinasse com a breguice dela. Com certeza, a porra do bigodinho grisalho incomodava mais a mim do que a Paulinha, talvez, no fundo, ela até se orgulhasse pelo fato de eu ter feito uma dupla com seu melhor amigo, Francisnight, o valete do forró. Uma dupla dessas requer um bigodinho grisalho estampado numa cara de bunda. Vai saber... né? De qualquer modo — embora enganado —, eu não tinha dúvidas que a mulher que levei pro Rio era a mesma Paulinha, inclusive a forma como a reconquistei e a aceitação dela, o diamante trocado e a anuência de Franscinight, tudo levava a crer que sim, eu e Paulinha éramos o mesmo casal improvável do Biro's Bar, só que agora de frente pro mar do Leme. Quem, senão Paulinha, dispensaria Belchior na primeira viagem de avião e ainda conservaria a aura majestática diante das evidências que o mundo era irremediavelmente mais brega e mais inacreditável do que eu & ela decolando a partir do aeroporto de Congonhas? Isso tudo, afinal, era sintoma de que havíamos voltado a ser o casal esquisito mais ajustado e até melhor do que antes, evidência de que a mulher que levei pro Rio — repito — era a mesma Paulinha pancada de antes da traição, só que antes a gente era feliz.

— Que porra de Paulista?

— Delegacinha... *&###@++

— O quê?????

— Ela tá aí, Paulista?

— Quem tá falando?

— *&##@***¨+== *##

— É tu, Francisnight???

"É eu"; em seguida ele explicou, lá do jeito dele, que fazia mais de uma semana que Paulinha não dava notícias.

Eles iam pra "delegacinha" dar parte do sumiço no dia seguinte.

— Pera aí, Francisnight. Pode me ligar daqui a dez anos?

— *&###@***><##@

Brecão tava apagado na poltrona 38, perto do banheiro. Consegui acordá-lo e tentei explicar a situação.

— Você devia escolher melhor suas amizades, Miriguela.

Acho que ele ficou contrariado, talvez enciumado pelo fato de eu ter uma parceria com Francisnight, valete do forró universitário. Quando disse que o "Forró do Nerd" tinha tudo para estourar nas paradas de sucesso, Brecão virou pro lado e emudeceu por uns cinco minutos.

— Pô, Brecão! Larga de viadagem, me escuta!

Há uma semana que Paulinha não dava notícias, e fazia dois dias que Brecão havia embarcado ela no táxi, na frente do apartamento do Leme. Aí ele teve a porra do *déjà-vu*. Depois disso, passamos dois dias esvaziando o excêntrico bar do puto do sogro dele, dr. Schmidt Vasconcelos. Até que o amigável advogado da bichona ligou e disse que a nossa chapa ia esquentar dentro de poucas horas. Em resumo: foi isso o que lembrei a Brecão, que continuava se fingindo de morto:

— Lembra do *déjà-vu*, Brecão?

O circuito de vídeo do prédio. Mais o puto do porteiro cupincha do velho.

— Tá tudo filmado, MM. Fudeu.

Bem, somados o telefonema de Francisnight e a fria constatação do Brecão que tava "tudo filmado e fudido", caralho, isso queria dizer que eu havia matado Paulinha, e jogado o corpo dela do alto da ponte Rio-Niterói:

— Então você é meu cumplice, Brecão.

Aí ele deu um salto da poltrona.

A partir daí começamos a traçar as estratégias de defesa, as teorias de conspiração e todo um cardápio de maluquices que não combinavam — evidentemente que não — com a realidade. Uma realidade simples, e chapada: há dois dias que Brecão havia embarcado Paulinha no táxi. Depois daquilo, era o Rio de Janeiro.

— Me diz uma coisa, Brecão.

— Fudeu.

— Isso eu tô sabendo. Mas o táxi...

— Amarelo.

— Vai te foder! O táxi. Você a deixou no ponto. Eu vi.

— Que ponto?

— O ponto, porra! O ponto defronte o apto do seu ex--sogro(a).

— Aquilo ali é ponto de jogo do bicho, boca de fumo, camarada.

— Não é ponto de táxi?

— Nunca foi.

* * *

Hipótese 1. A maluca pegou um táxi clandestino. Fudeu.

Hipótese 2. O taxista a levou pra Baixada Fluminense, a estuprou e desovou o corpo no aterro sanitário de Queimados. Fudeu.

— Em Queimados não existe aterro sanitário — disse o Brecão.

— Se não existir, Brecão, dá na mesma. O motorista do táxi a levou para São João do Meriti, a estuprou, depois a esquartejou e enterrou os pedaços do corpo num ferro--velho chamado "Retalhos de Cetim". Fudeu.

Ok. Prossigamos:

Hipótese 3. Em vez de ir pra Rodoviária, ela foi pro Corcovado. No bondinho, travou contato com um angolano de sapato branco. O negão a aliciou e, nesse momento, uma "junta médica" composta de açougueiros e estudantes de veterinária deve estar removendo os rins da pobre coitada. Até o final do dia eles enviam o bagulho por Sedex pruma clínica clandestina especializada em miúdos de putas brasileiras, lá no Panamá. Fudeu.

Hipótese 4. Os outros órgãos serão despachados prum resort cinco estrelas muito discreto localizado em São Tomé e Príncipe, onde celebridades de Hollywood passam os finais de semana se drogando e consumindo restos mortais de putas made in Brazil. Fudeu.

Hipótese 5. Pegou a barca e foi pra Paquetá.

— Pega leve, Miriguela.

Hipótese 6:

— O vestido de puta.

— Que é que tem, Brecão?

— Ela trouxe o vestido na mala. Confere?

— Sim. Confere.

— Roupa de serviço, meu caro MM!

Descartada a hipótese 6. Não tinha cabimento. Puta ou não puta, agora essa discussão era irrelevante, a não ser que:

Hipótese 7:

— Quando eu liguei pra ela, naquela noite, lembro que Paulinha me disse que conversava com uma mulher debaixo de uma placa.

— Uma puta!

— Ou Madre Teresa de Calcutá, Brecão, que não morreu e, disfarçada de puta, tentava, debaixo de uma placa misteriosa, converter as jovens mariposas ao evangelho.

— Isso é coisa de testemunha de Jeová, MM.

Continuando na hipótese 7:

Descartada a possibilidade de Madre Teresa, quem seria a tal criatura que parlamentava com Paulinha debaixo da bendita placa?

— Uma cafetina!

Encerrando a hipótese 7: Paulinha tá trampando no Lido.

— Você escolhe pessimamente suas companhias — constatou Brecão. O xarope meneava a cabeça com elegância, parecia o mordomo do Magnum.

Menos mal. De todas as outras hipóteses, a sétima aliviava — em termos e só um pouquinho — a encrenca que eu havia metido o Brecão. Embora tanto essa como as outras hipóteses anteriores e as posteriores, todas sem exceção (muitas mais) levassem à cobertura do Leme. Questão de pouco tempo para o delegado de Suzano entrar em contato com a Polícia Civil no Rio, e associar o sumiço de Paulinha a dois vagabundos metidos com socialaites e políticos ecologistas... ou àquilo que os místicos chamam de elite, às altas rodas cariocas que, em última análise e segundo o capitão Nascimento, financiam a prostituição, a violência e o tráfico de drogas no Rio de Janeiro. Fudeu, tamos fudidos.

— Você pode dizer que foi uma briga de casal, e que ela subiu num táxi no dia 6 de janeiro, às 10 horas da manhã. E depois não teve mais notícias.

— Caralho, Brecão! Você é um gênio!

Chegamos em São Paulo perto da meia-noite. Ainda deu tempo de ir jogar uma sinuca no Biro's. Vez em quando, eu, que nunca fumei, saía pra fumar, e procurava Paulinha sentada no canteiro bem na frente do bar. Nada de Paula Denise, agora somente o espectro de uma putinha triste, e sumida.

No dia seguinte, recebo uma ligação de Francisnight me convocando para ir à delegacia:

— Mas você é delegado ou valete do forró, Francisnight?

— Peixeira ##@+++

Ora, a família é que tinha que dar parte. Caso o delegado me convocasse, eu iria à delegacia acompanhado do meu advogado, dr. Brecão, e contaria nossa versão do ocorrido, embora, a essa altura do campeonato, "versão" e "verdade" não quisessem significar absolutamente grande coisa e nada diferente de "fudeu".

CAPÍTULO 15

Depois de uma semana, acharam o corpo numa casa de praia em Mongaguá. Parada cardíaca. Ela havia misturado Lexotan com Rivotril e mais um monte de relaxantes musculares a base de ópio. Tinha jujuba na jogada e velas amarelas. Ao lado do corpo, uma garrafa de 51 pela metade, e um bilhete endereçado a mim:

"Fiz o que me pediu, enfiei a buceta e tudo o que você destruiu no meio do cu. Você nunca vai amar ninguém nessa vida."

Passados uns quinze dias, recebi uma caixinha de perfume lacrada com esparadrapos, e um bilhete com a indicação: "Não abrir. Pro Marcelo". Reconheci imediatamente a caligrafia de professora primária de Paula Denise.

Dentro da caixa — o diamante.

CAPÍTULO 16

O "Forró do Nerd" estourou nas paradas de sucesso, e o puto do Francisnight não me deu os créditos. Brecão me aconselhou a ir atrás dos meus direitos, e eu o aconselhei a ir pro inferno, então ele se amasiou com uma operadora de telemarketing e foi morar no km 60 da Raposo Tavares, perto de Itapevi.

Em menos de dois meses, eu havia me apaixonado por duas mulheres. A primeira suicidou-se rogando-me (ou sugerindo) uma praga. Mas isso não me incomodava tanto, sinceramente não. O que me deixava contrariado era a sentença equivocada — não pelo efeito mas pela causa. Como se eu não pudesse ter outras prioridades na vida. Tem coisas mais prementes, prazerosas e relevantes do que amar ou deixar de amar alguém nessa porra de vida. Por exemplo: ficar sozinho e longe dessas malucas. Vale lembrar que Paulinha repetiu a sentença da cigana. Se ela (ou a cigana, sabe-se lá quem se matou) tivesse escrito: "você nunca vai ficar sozinho na vida", aí sim, eu teria motivos para me torturar, me culpar e/ou — em último caso — procurar um psicanalista argentino. *Meno male.*

Mas aquela sentença não me dizia respeito, e isso significava — no frigir da omelete — que a vida que eu levava também não me dizia respeito, porque era a vida que eu vivia em função dessas piradas que apareciam e desapareciam no meu caminho, como se eu não tivesse a opção de escolher a solidão, como se a sentença que elas aplicavam a si mesmas, o amor demais, resultasse, no final das contas, correta, porque invariavelmente me incluíam/excluíam e assim confirmavam o veredito delas: "não amarás".

* * *

Apesar da minha aparente e justificada (?) frieza, eu sofri feito um cachorro. A gente não se acostuma. Ninguém se aventura na montanha-russa do Playcenter para apreciar a vista da marginal do rio Tietê congestionada lá do alto de um carrinho parado por falta de energia. Qual a graça de ficar dependurado a vinte metros de altura e se prender à barras de segurança desnecessárias? Inércia é a propriedade segundo a qual um corpo não pode modificar seu estado de movimento ou de repouso, a menos que sobre ele passe a atuar algo ou alguma força. Sem mulher, não há movimento. Goste ou desgoste, mulher é algo tão irretorquível e inexorável quanto a lei da gravidade. Não dava pra fingir que Paulinha, agora morta — "fiz o que me pediu, enfiei a buceta e tudo o que você destruiu no meio do cu" —, não participava da minha vida independentemente das escolhas que eu fizesse. Portanto, tão inútil quanto estufar o peito e dizer "o amor é prescindível", era acreditar que a solidão poderia substituir alguma coisa, isso não existe. No máximo a solidão acompanha, anda lado a lado. O que existe é a dor.

E o prolongamento da dor é combustível para seguir em frente, dar bom-dia ao porteiro do seu prédio como se ele ainda fosse o porteiro do seu prédio, assim, depois da dor é que vem o dom. Quando você trespassa a conversa dos amigos do bar com o olhar perdido e atravessa as ruas feito fantasma, e é o dom que o faz lembrar e admirar-se de si diante do movimento perdido que não cessa, apesar da aparente imobilidade que joga o peso do mundo em cima de seu lombo, apesar de você não ter sequer o deserto como companhia, ninguém pode dizer que isso que lateja, que o esmaga e o condena à morte, é apenas solidão.

* * *

Solidão é porta de entrada. Depois, como eu já disse, vem a dor e o dom, e em seguida o nó. O nó que é emaranhado, nasce e se imiscui dentro da palavra dom. Até encobrir o dom, encobrir o tempo e a palavra e acabar com a vida do infeliz de uma vez por todas.

O nó que faz tudo dar errado.

Eu, da minha parte, procurava disfarçar. E escarnecia da dor, do dom e do nó e havia, digamos, "esquecido a condição". Tava tudo certo. Até que Paula e Ariela apareceram. Antes delas, eu tamborilava os sambas do Aldir Blanc no balcão da padaria enquanto meus amigos envelheciam escandalosamente ao meu lado e o chapeiro não trazia o pão com manteiga, antes delas eu não existia, mas tava tudo certo. Brecão virou um queijo quente. Eu vivia a morte em vida. "A morte" — dizia sabiamente Judas antes de trair seu mestre — "é uma condição que a gente vive acordado". Por aí, abraço, Ricardinho! Amamos as mulheres, chupamos a buceta delas e visitamos museus e cemitérios desnecessários. Nada faz a mínima diferença. Inútil dar de ombros. Bandeira dizia que mulher grávida era a coisa mais triste do mundo.

Depois de vinte e dois anos, descobri que não há encontro, reencontro ou desencontro possível; há solidão, dor, o dom e o nó. São quatro Amazonas que se revezam no galope e que, vez em quando, podem frequentar a mesma parelha e/ou montar na garupa umas das outras, dividindo o lombo do mesmo cavalo negro. O certo é que seus animais bafejam horror e desespero. Ariela respirava assim, pelas narinas, era um cavalo quando subia em cima de mim e me estocava. As Amazonas não têm tempo nem lugar, apenas vítimas escolhidas a dedo. Jeanne Hébuterne, por exemplo. A pobre Jeanne de Modigliani. Ela não tinha um filho na barriga. Jeanne se matou porque não aguentava mais a condição, vamos chamar assim. A condição. A mesma condição que matou Paulinha, e liquidou Amedeo. Quando eu era criança, e ainda latia em São Vicente — não sabia —, já vislumbrava a morte no mar lento e oleoso que despejava espumas sanguíneas, e depois engolia a sujeira da praia de volta. Um espetáculo magnífico pra quem desde cedo aprendeu a desequilibrar-se na corda bamba das entrelinhas: "você nunca vai amar ninguém nessa vida".

Eu não sabia, e sempre soube. Eu era a praia.

CAPÍTULO 17

5505 15..............

Fazia quase um ano que ela disse que o nosso beijo não precisava de explicação/ que a língua da gente lambia como se fosse casada/ éramos eu, ela, o corno e a sogra com cara de bulldog.

Inveja do corno. Da festa de aniversário. A felicidade por metro quadrado/ fotografada no almoço de domingo: ele, minha amante e a nossa sogra com cara de bulldog. Inveja da vida doméstica de Ariela. Hoje, tenho a lembrança da carne da mulher que eu dividia com ele/ que eu amava/ ela que se escondia da gente/ ao meu lado.

Se o inferno possuía gônadas, é de lá que jorrava minha porra naqueles dias. Ela pedia pra gozar na cara. Aquilo respingava nas orelhas do corno e hidratava as pelancas da sogra com cara de bulldog. Se bobear atingia o filhinho que jogava videogame lá em Guarulhos. O olho direito colado de porra. O outro esbugalhado de adultério e sangue sorria para mim, e dizia que jamais eu seria feliz.

Uma noite, era junho. Além do porre de Ariela, tínhamos o agravante do dia seguinte: festa junina na escola do filho. Se ela não chegasse antes de o garoto acordar, a sogra com cara de bulldog lhe arrancaria as vísceras. A única chance era ir de táxi.

Ariela, mãe, entrou em estado de choque. Eu poderia tê-la embarcado no táxi, e voltado para casa. Repetiria a hosana poluída das outras vezes, mas dessa vez resolvi subir no carro e acompanhá-la até Guarulhos. Ariela deitou no meu colo, parecia uma criança adúltera — como se isso fosse possível. Seguimos. Um pouco depois que o táxi fez o contorno no Center Norte, logo que entramos na Marginal, ela abriu a mochila. Sim, era possível. De dentro da mochila, sacou um prendedor de cabelo e uma canetinha esferográfica. Pediu um beijo, e desenhou um coração avacalhado no meu antebraço — para logo em seguida rabiscar um caralho dentro desse coração. Eu fingi que não dei bola, olhava a cidade pela janela do táxi. Uma mistura de laranja-fanho com cinza. O sol tentava nascer, mas a poluição gorda e a neblina que subia do Tietê, o sufocavam. Vislumbrei os arames farpados de um presídio do Alckmin, logo à direita. Ariela abraçava a mochila com força, e chorava baixinho. Duvido que algum ser humano tenha vivido uma experiência mais bonita do que essa. Pelo menos na Marginal do Tietê, a caminho de Guarulhos, acho muito difícil alguém ter experimentado algo parecido.

* * *

1. Tinha alguma coisa de ruim com o cachorro de focinho comprido.

2. O corno já havia se inteirado da traição.

Ele a espancava e me ameaçava com a felicidade fotografada ao lado de Ariela, os dois abraçados no salão de festas do condomínio. Ariela era um doberman. E o bicho se acoplava ao dorso sinuoso da adúltera. Ela rosnava e recebia as estocadas com raiva, algo — bom sublinhar aqui — muito diferente de submissão. Um doberman. Não era apenas raiva. Mas um amor cheio de vingança e demência, e sobretudo culpa. Não, não se tratava de uma cadela. Ela era cão. Um cão que olhava para mim e desfigurava o rosto da mulher que se entregava de quatro e voltava-se contra si mesma.

Eu apenas estava lá atrás. A cobria. Acertava uns tapas protocolares em sua bunda e assistia de muito longe aquele espetáculo de horror, desespero e tesão, quase alheio. Como alguém que assiste a uma luta sangrenta no octógono e não consegue mudar o canal de televisão, como alguém que inveja a felicidade do corno numa festa de aniversário, como o cara que não tem vocação para ser amante. Perplexo. Capado. Eu podia ser qualquer outro a enrabá-la desde que dividisse com ela o espaço no canil. Diferentemente de Ariela, eu não era tão cristão a ponto de sentir tesão na culpa, embora me esforçasse. Queria amá-la, como se isso fosse possível... como se o amor pudesse me redimir da minha condição de cão, e me fizesse menos animal do que ela.

— Cadê meu diamante?

— Foi pro lixo, Ariela. Feito nosso amor.

CAPÍTULO 18

5505 15.............

Identifiquei o número que havia apagado do celular — uma sequência irritante de cincos — antes mesmo desse diálogo ter acontecido. Ariela!

— Vem pra cá!

Ela não apareceu. Mas no dia seguinte me desbloqueou do Facebook. Talvez seja um despropósito da minha parte, mas quando fui desbloqueado por Ariela pensei em Jesus Cristo. Há dois mil e doze anos o mestre havia sido desbloqueado no terceiro dia... Hosana nas alturas! Oh, Céus!

O que não é despropósito?

Se eu dissesse que a perdoei soaria inverossímil, mas foi exatamente o que aconteceu. Não só perdoei como tinha certeza que a história que ela me contaria em seguida era mais absurda e inverossímil que meu perdão, mas fazia sentido. *Se non è vero, è ben trovato.*

Nunca deixei de amar Ariela, apesar das fotinhos ridículas que ela tirou ao lado do bitinique de padaria para me agredir, como se aquilo ali pudesse agredir mais a mim do que a eles próprios. Se dei um troco em Ariela, no máximo foi limpando a área para Paulinha: joguei fora as calcinhas e bijuterias que a maluquete deixara na quitinete para marcar território. E, para todos os efeitos, o diamante tinha ido pro lixo junto com seus badulaques — o que não era uma inverdade absoluta. Vale que Ariela fingiu que acreditou, então, elas por Arielas. Com relação às bijuterias, não menti, apenas fui coerente. Ariela também possuía esse poder, de mentir dizendo a verdade e o contrário também. A gente combinava nas bijuterias, encaixava bem no sexo e, afinal de contas e sob vários aspectos, formava um casalzinho quase incestuoso.

Nos divertíamos com bobagens, como qualquer casal apaixonado. Compramos gorros na Praça da República, ela me ensinou o beijo à la peruana, que consistia no maconheiro passivo — eu — inspirar a fumaça assoprada pela maconheiro ativo — ela — filha da puta de beijo gostoso, mas eu lhe dei o troco: apresentei Bataille e Nelson Gonçalves. No auge da paixão, cismei que Ariela seria minha herdeira, mas não consegui redigir um testamento. Comprei um mimeógrafo no afã de lhe deixar um legado. Ela ameaçou uma gravidez e me cobrou uma carta de amor passada no álcool que eu jamais escrevi: não é fácil RESSUSCITAR um mimeógrafo. Mas o meu amor — ela sabe... — incluí na herança, junto com o equipamento pré-histórico que até hoje não funcionou.

— Quando dei as chaves do apartamento, era tarde demais.

Ariela apareceu poucas vezes, sempre bêbada e fora de si. Ela nem precisava mais mentir para mim. Eu dava banho. E fazia café.

A gente se entendia. Tantas mentiras/felicidades que misturamos com maconha e pizza de calabresa. Uma noite, eu disse: vai pro quarto, abaixa as "carcinha" e me espera de perna aberta. Ela foi, saltitante, cabrita. Pediu pra eu enfiar a mão na cara, e pediu pra eu gozar na boca. Linda. O óleo que escorria sobre a tela de Gustave Courbet. Ariela era a racha pentelhuda do mundo, que ia me engolir junto com a minha porra. Ela pedia e eu gozava. Nos pés. Nas amígdalas, no sovaco, na falecida carapinha descolorida de Paulinha, no abajur lilás. Mas sobretudo nas espinhas do seu rosto, as espinhas que brotavam por causa da pílula do dia seguinte, e pra cada uma a gente dava um nome, eram nossas filhas. "Vai lá, piranha, vai se olhar no espelho". E ela ia, feliz da vida e toda gozada, escorrendo esperma desde os cílios até o sorriso de coelho que eu beijava como se estivesse me beijando, engolindo minha própria porra junto com as falcatruas dela. Ao contrário das cinco entidades de Paulinha que a modificavam, Ariela recebia a si mesma e valia por todo um trem fantasma de incoerência e encanto. Mas Ariela nunca deixou de ser Ariela, sobretudo quando me enganava. Tesão.

CAPÍTULO 19

A vida começava novamente no Facebook. Ressuscitado, virei a minha própria ascese e o Lázaro de mim mesmo. Isto é, de uma tacada só passei a acreditar não só na minha ressurreição virtual, mas sobretudo no amor de Ariela. Talvez não me sentisse tão culpado pela morte de Paulinha, nesse caso — sem me dar conta — eu tinha todos os ingredientes do coquetel cristão servidos na bandeja: culpa mais ou menos aliviada, ressurreição, perdão, morte, traição e amor. Não necessariamente nessa ordem. Vale que os milagres acontecem para quem ama e tem fé, o resto fica por conta do imponderável. Ariela, portanto, orbitava nesse diapasão. Ela era o imponderável. E ainda tinha um marido apaixonado e um lindo filhote que tratava dos dentes em Guarulhos. Se eu quisesse escrever um romance de 500 páginas, terminaria a primeira parte do livro aqui.

Quinta-feira de carnaval

O passatempo e as escapadas de Ariela. O que era deslumbramento e tiração de onda, virou escapada e passatempo, tiração de onda e obsessão diuturna de um pelo outro, amor de pica, encontros & despedidas cinematográficos, um marido corno quase vinte anos mais jovem e a iminência de uma tragédia.

Antes disso, um embate desastrado em Guarulhos, o túmulo da libido. Vou contar.

Tratava-se do nosso primeiro encontro depois do episódio do bitinique de padaria. Além do casamento, do filho adorável e dos horários esquisitos, o endereço era o pior agravante. Ela morava em Guarulhos! Pior que isso é ser "a outra" em Engulhos, digo, Guarulhos. Eu era a outra.

A fim de consumar a reconciliação de fato, cometi a besteira de ir até lá. Em várias etapas:

1. A primeira reconciliação aconteceu quando atendi o celular e não a mandei de volta pro bitinique de padaria. A perdoei, nos desbloqueamos e no dia seguinte ela pediu para ser minha amiga no Facebook;

2. A segunda reconciliação aconteceu no mundo virtual mesmo, via Facebook: fotos dela se arretando com a ex-namoradinha e mais uma infinidade de telefonemas sacanas, lembranças dos nossos melhores momentos e promessas de putarias futuras; torpedinhos enviados diretamente do biombo de depilação, *smoking fetish* e uma pitada de sadomasoquismo que já vinha embutida desde o perdão acrescentada à velas e unhas manicuradas, lingeries de sex shop, avaliações depreciativas do marido, a sogra bulldog, etc.;

3. E a terceira reconciliação, carnal e de fato, quando ela me mandou fotos da buceta à quente, tiradas no instante que conversávamos. On-line. Aí não teve jeito. Tive de largar o computador, pegar o ônibus executivo na Praça da República e ir até o aeroporto de Cumbica. De lá, subi num táxi e segui até o Plaza qualquer coisa de Guarulhos, suíte 63.

Três da tarde. Ariela tinha vinte minutos pradarumazinha e voltar correndo pro escritório. Armei uma recepção de filme pornô: abri a porta da suíte 63 e era ela mesma de óculos escuros. Enfiei o linguão em suas amígdalas. Depois a joguei na cama e chupei sua buceta até o momento que o protocolo diz que o cavalheiro deve introduzir o pênis na vagina lubrificada de sua dama. Brochei, apesar de ter tomado um comprimido de Viagra. Ela voltou ao trabalho feliz da vida, e prometeu reiniciar a sacanagem depois do expediente, às 19 horas.

Das 15h30 até as 19h, apaguei. Do lado errado do colchão, que afundou exatamente no ponto que os chineses chamam de nervo ciático. Quando Ariela apareceu, o lado esquerdo do meu corpo não existia. Mesmo assim, segui o protocolo dos Sábios do Rasputinha's, puteiro vizinho do Biro's Bar. Só não contava com os pesadelos. Tive vários mergulhado na retroxota de Ariela. Entrementes, ela recebeu uma ligação do maridinho e os dois combinaram de se encontrar na lanchonete da quadra, dali uma hora.

O jovem corno disputava uma partida de futebol de salão. Aos pesadelos, pois.

Vi Jeanne Hébuterne no desenho da vagina espichada de Ariela e também nas convulsões antes de ela gozar, e nos espasmos apaixonados idem e espichados ibidem. Chupei desesperadamente. Abri e fechei, fingi festa, debochei e assoprei língua de sogra como se Ariela fosse a quarta-feira de cinzas de Modigliani e a primeira parte do meu pesadelo: eu dentro dela vendo Jeanne suicida grávida de oito meses, então espargi e tratei de engolir tudo de volta, feito uma cânula de sucção.

A segunda parte consistia na folha corrida de Ariela. Ou na felicidade de uma menina de 17 anos grávida de um garoto de 17 anos: ele a resgata de um moquifo no Largo do Paissandu e a leva desacordada para a casa da mãe, em Guarulhos. A garota promíscua viciada em crack agora tinha teto, três refeições diárias, um filho no bucho e o amor de um príncipe encantado. Eu chupava o amor do príncipe e sentia um gosto amargo de sangue e chantagem, ela se contorcia de culpa e gozava agradecida na minha boca. Espargi e engoli, engoli e espargi. O celular tocou novamente. Ariela atendeu com requintes de crueldade e acionou o viva-voz, caprichou na mentira que já fazia parte da terceira parte do pesadelo; do outro lado da linha, o príncipe corno. Outra vez Gui, feliz da vida e credor dos piores pesadelos de Ariela. Ele a espancava porque antes de tudo era um príncipe e um ótimo pai e — eventualmente — descobria que a felicidade matrimonial dos dois não existia. Ela o traía porque antes de tudo ele era um príncipe e um ótimo pai. No meio desse moto-contínuo, o filho.

Ariela se penitenciava, e amassava minha cabeça com força entre suas coxas. O gaiato aqui trabalhava lá embaixo e garantia mais um orgasmo à ex-princesa do Largo do Paissandu. Nessas horas, o prosaico tem sabor de sangue e veneno. Uma pizza depois do futebol soçaite tem o poder de amolecer a língua de qualquer velho degenerado: não era meu caso, ou não devia ser. Explico. De alguma forma, fui induzido a acreditar que se tratava de uma baita de uma sacanagem chupar a princesa Ariela, porém, ao mesmo tempo, sorvia, lambia e fazia — muito bem, diga-se de passagem — o papel do velho degenerado. Ela, vinte anos mais nova, queria os dois — o corno e a cânula. Independentemente de quem traía e de quem era traído, naquele momento, por alguma conspiração sinistra do universo, irrompeu o quarto e derradeiro pesadelo; ou seja, era eu mesmo o sujeito de careca grisalha mergulhado no meio das pernas roliças de Ariela, engolindo e espargindo, espargindo e engolindo.

Não muito longe dali — depois de a princesa despedir-se com um "eu te amo" no viva-voz —, Gui confraternizava com os amigos de faculdade. Uma espécie de esquenta pro baile de carnaval. O jovem e corno príncipe e os amigos bebiam cerveja, churrasqueavam e disputavam a melhor de três nas dependências da Free Ball Society Club — dá-lhe Gui!

Nunca tive o amor de uma ex-adolescente drogada, nem de uma mulher madura viciada em anfetaminas, amor nenhum que eu identificasse a ponto de querer terminar meus dias em Guarulhos. Não, garanto que não. Infelizmente não. Não terminaria meus dias nem feliz para sempre, e muito menos ao lado de uma princesa ninfomaníaca curada de uma dependência de crack na base da chantagem e da porrada. Inveja do Gui, o jovem corno que logo depois do futebol soçaite levaria a mulherzinha e o filho pra comer uma meia calabresa, meia muzzarela na Pizzaria da Mamma, perto de casa. Não termina aí. Depois da pizza, tinha o grito de carnaval no Centro Cultural Adamastor. Iam todos pra lá.

Um lar em Guarulhos, ah, um lar em Guarulhos fode com as ideias de qualquer um.

Quando a gente cumpre a função de lambedor e estepe nem percebe, apenas quando ama é que o gosto amargo de sangue toma conta das gengivas, nessa hora pode ser tarde demais, você pode ter engolido veneno além da conta. Da parte de Ariela, tudo aparentemente oquei. Da minha, um princípio de torcicolo. Era o sinal. Hora de meter. Brochei novamente. Nem tanto pelas assombrações que encontrei nas entranhas suculentas da adúltera, nem mesmo pelo ciático que apitava, mas aquela pizza depois do futebol soçaite e o grito de carnaval no CCA acabaram comigo.

Gui, o jovem corno, era o Príncipe, o Valete de Copas que se intrometia no meu carteado, ele sim a verdadeira ameaça, o pau que eu chupava por tabela.

Traguei, suguei, espargi e ainda bem que deu tempo de ir ao banheiro e vomitar o sopão. Mas não aliviou. Eu não era Modigliani, Ariela não era Jeanne, e a gente não sofria as agruras do inverno de Paris em janeiro de 1920. Era bem pior: quinta-feira de carnaval em Guarulhos, e eu nem podia me mexer — tamanha a dor que começava a partir dos rins e subia e descia a espinha até fisgar a nuca e descer feito um tiro através da paleta esquerda... e de lá irradiar até o ponto onde jazia roto e esfarrapado aquilo que um dia chamei — ou chamaram — meu caráter.

— Você tem um fosso dentro dos olhos — ela me disse.

Um fosso, eu sabia disso. Que vinha de longe, e advogava em causa própria. Que fazia Ariela enxergar poesia onde somente existia egoísmo, solidão e desespero. Eu sabia do fosso, e muito raramente conseguia ser sincero comigo mesmo, como dessa vez consegui: a enxotei do quarto de hotel. O próximo passo era chamar um táxi ou uma ambulância para me remover dali. Ou uma equipe de cinema para registrar mais um final bonito de uma história triste com direito a encontros, desencontros e despedidas irremediáveis. Optei pelo mais trivial, e liguei pro táxi.

Carnaval em Guarulhos. Mais essa. Afundado no banco de trás do táxi, travado, fodido e mal pago, lembrei da praga da cigana: "você nunca vai amar ninguém nessa vida". Ora, quem cruza o Oceano Pacífico, e viaja mais de vinte anos desde os cafundós de uma Indonésia para boi dormir até chegar em Guarulhos, quem se mete a atravessar a Dutra numa quinta-feira de carnaval, não tem, enfim, opção diferente de estufar o peito e urrar lá do alto do edifício mais brega da cidade: "Eu cheguei até aqui por amor, porra!". Há que respeitá-lo. Haja vista que a tentativa por si só já é uma possibilidade concreta de amar, o contrário disso é acreditar em príncipes que confraternizam no futebol soçaite. Aliás, a possibilidade de quebrar a cara está incluída no pacote. Paula Denise morta em Mongaguá. Ninguém pode tirar a chance do animal agonizante. Ainda que Philip Roth não ganhe o Nobel, ainda que o destino do gorila seja despencar da torre do edifício mais alto da cidade, mesmo se for um engano, ou se ele finge que é amor, ainda assim tem um porquê, lá no fundo de sua escrotice — eu acredito que sim —, lá no fundo de sua escrotice, o animal agoniza, gosta e ama de verdade.

— Se não fosse assim — falei pro taxista —, os lupanares não seriam azuis em Kuala Lumpur. E King Kong não teria sido subtraído das selvas da Indonésia (ou seriam as selvas da Indochina?) para despencar do Empire State Building por causa do feitiço de uma mulher minúscula e arrebatadora. Se não fosse assim, a beleza passaria despercebida, compreende?

Claro que ele compreendeu. E eu continuei:

— Se não fosse assim, os úberes das vacas e as tetas das gestantes não inchariam amiúde... e não existiriam auroras nem luares no sertão (pensei na elegância de certos cornos e em narradores defuntos, mas poupei o motorista).

— Se não fosse assim — prossegui —, nada disso faria sentido, e nenhum sacrifício teria valido a pena. Van Gogh não teria pintado a noite esburacada nos cafés de Arles e Jesus Cristo teria morrido de pijama por uma humanidade que o glorificaria de pantufas. Hosana nas alturas! Aleluia!

— Aleluia!

Pedi pra desligar o ar-condicionado, abri a janela do carro, respirei voluptuosamente o ar poluído de Guarulhos, e continuei:

— O senhor naturalmente já deve ter ouvido falar do célebre prólogo de Borges que diz que Kafka influenciava seus precursores... Taí a explicação! Michael Jackson só teve vitiligo para justificar as trapaças do Machadão, entende? O senhor compreende que uma vida pode ter valido a pena somente porque não deu certo? Os mortos! O senhor acredita que mortos pegam táxi? Pois eu acredito em tudo isso, e em mais um pouco. Se não fosse assim não existiriam bilhetes premiados, e eu não teria acenado para o senhor ali atrás. Ariela não estaria chorando por mim agora, linda, cheia de luto e tesão, de óculos escuros e com as penugens da nuca à mostra, conforme meu último desejo. Se o amor fosse apenas uma invenção (como meus detratores querem fazer crer...) e se não fosse assim do jeito que é e que vai continuar sendo — eu, o senhor e Guarulhos simplesmente não existiríamos!

— Aeroporto? — perguntou o motorista.

— Aeroporto, cemitério do Caju, pruma boate azul em Kuala Lumpur. Deserto do Mojave. Pra avenida chorar pela cabrocha que não apareceu. Vamos resgatar o dr. David Banner de um piano triste. Pruma quarta-feira de cinzas chuvosa debaixo de uma marquise no Anhembi. Qualquer lugar! Me leva praputaqueopariu, motorista.

EPÍLOGO

— Na hora do sol mais quente eles nadam pro centro da lagoa. Atravessou o caminho deles é presa, morreu.

— ...

— No habitat deles, engolem camarões e até peixes de tocaia. Nessa hora, nem os pescadores mais safos têm chances. Mas agora a briga tá por nossa conta! Vai ser aqui, mano, aqui no tanque!

Enquanto mano Chitão enaltecia as qualidades carnívoras dos tucunarés, eu abstraía a euforia dele como se fosse uma tilápia que havia perdido a batalha, mas que ainda circulava desavisadamente pelo tanque que seria inaugurado no final daquela manhã. Era o primeiro dia do Pesque-Pague. Uma palavra não saía da minha cabeça: "afogamento".

Cazzo! Tucunarés são tão ou mais predadores que as piranhas: que peixe escroto do inferno! Eu ia dizer pro mano Chitão que a finalidade da presa não podia ser outra senão ser devorada, mas preferi ficar calado pra ver até onde aguentaria a euforia dele e, sobretudo, pra ver até onde eu conseguiria me conter com relação a metáforas pesqueiras.

Penso que ser incluído na euforia alheia é um atestado de óbito. Além disso, mano Chitão me obrigava a conjecturar em multiplicação e fartura, fiasco total. Sobretudo no meu caso: que era de subtração absoluta, eu que me encontrava mais para o deserto do Sinai do que para o mar de Cafarnaum; aliás, já disse isso aqui uma vez: sou contra efeitos especiais, parábolas e mensagens subliminares. Havia aceitado minha condição de repasto. De condenado na véspera. Não estava nem aí, nadava placidamente no meu fracasso como aquela tilápia circulava no tanque a espera do seu predador. De protagonista de amores, aventuras & bucetas chupadas, passei a funcionário de Pesque-Pague. Vivia das indulgências, e do favor de mano Chitãozinho. Uma tilápia.

Na falta de alternativas, também era todo ouvidos:

— Eles têm fome o tempo todo. Qualquer isca pode atrair os tucunarés.

Mano Chitão optou pela tecnologia de ponta. Investiu em "spinners" — que são plugs de superfície, iscas-robôs. Os módulos brilhavam como se fossem manjubinhas pedindo para ser devoradas.

— Você precisa ver o bote desses peixes, coisa mais linda!

A trapaça realmente era um espetáculo digno de registro cinematográfico. Da margem, acompanhávamos o voo dos tucunarés. A ebulição. A vida enlouquecida fisgada pela morte. Mano Chitão era um ilusionista de tucunarés. Ele sabia das coisas.

— A adrenalina vai a mil quando eles explodem na superfície, e o pescador tem que ser muito rápido pra evitar que o peixe busque o enrosco. Num vacilo, perde pro peixe.

Uma disputa justa, pensei: numa hora a caça ou o caçador cansam, e desistem um do outro.

Mano Xororó deu de ombros, e foi cuidar dos últimos preparativos para a inauguração do Pesque-Pague. Além dos três tanques, o complexo contava com restaurante e salão de eventos, uma loja de apetrechos de pesca e outra de artesanato típico da região. De certo modo, mano Chitão, predador nato, lia meu pensamento, e sabia — outra vez — que eu tergiversava, sabia que eu estava completamente errado e irremediavelmente sozinho debaixo do quiosque número 5, à beira do lago central.

O fato é que não haveria, sob hipótese alguma, uma disputa justa naquele tanque, nem desistências vãs. Homens e peixes cumpriam seus destinos & enroscos: mais cedo ou mais tarde seriam engolidos uns pelos outros. A vida fisgada pela morte. Resumidamente, esse é o enredo das histórias de amor. Comigo não seria diferente, nem menos belo.

Se eu não me encontrasse anestesiado pela felicidade alheia, desolado e irremediavelmente fisgado pelo engodo, se eu não tivesse me transformado num homem-tilápia rendido e absorto em qualquer outra coisa que não fosse coisa nenhuma, decerto não teria visto quando o cardume de tucunarés se dirigiu pro meio do tanque.

Era quase meio-dia, e eles pareciam escrotamente famintos.

Este livro foi composto em Minion
pela Bracher & Malta, com CTP da
New Print e impressão da Graphium
em papel Pólen Soft 80 g/m^2 da Cia.
Suzano de Papel e Celulose para a
Editora 34, em julho de 2014.